EL SECRETO DE FORTUNE WOOKIEE

UN LIBRO DE LA SERIE YODA ORIGAMI

Título original en inglés: *The secret of the Fortune Wookiee.*
An Origami Yoda Book.

© del texto: Tom Angleberger, 2012

La cubierta y las ilustraciones de la páginas preliminares son
de Tom Angleberger, Cece Bell y Jason Rosenstock.
Las otras ilustraciones son del autor. La ilustración de cubierta
y otras ilustraciones que representan a Chewbacca, Yoda, Darth Vader
y otros de *La guerra de las galaxias* tienen
copyright © 2012 Lucasfilm, Ltd. El título, los nombres de personajes
y de lugares están protegidos por todas las leyes aplicables de marca
registrada. Usar bajo autorización.

Primera publicación en lengua inglesa en 2012.
Por Amulet Books, un sello de ABRAMS

Primera edición: febrero de 2016

© de la traducción: Carol Isern.
© de esta edición: Roca Editorial de Libros, S. L.
Av. Marquès de l'Argentera 17, pral.
08003 Barcelona
info@rocaeditorial.com
www.rocaeditorial.com

Impreso por: Liberdúplex, s.l.u.
Crta. BV-2249, km 7,4, Pol. Ind. Torrentfondo
Sant Llorenç d'Hortons (Barcelona)

ISBN: 978-84-16306-42-8
Depósito legal: B-28625-2015
Código IBIC: YFC
Código del producto: RE06428

DEDICADO A JAY ASHER, UN ESCRITOR TAN
BRILLANTE QUE LE SOBRAN LAS IDEAS
Y LAS REGALA . . .

DWIGHT
(SIN DWIGHT)

¿CÓMO ES POSIBLE QUE EXISTA UN CASO SIN DWIGHT?

POR TOMMY

Todo caso empieza con una pregunta... La primera vez, la pregunta era: ¿Yoda Origami es real? Y más tarde fue: ¿Darth Paper destruirá a Yoda Origami?

Esta vez parecía que ESTE caso empezaría —y terminaría— con la pregunta:

¿Cómo es posible que exista un caso sin Dwight?

Porque, para empezar, Dwight fue quien hizo a Yoda Origami. Y fue Yoda Origami quien hizo que pasaran tantas cosas interesantes y dignas de investigar.

La primera documentación que hice en toda

DWIGHT →

mi vida fue cuando Yoda Origami apareció por primera vez. Hice que otros niños de la Escuela McQuarrie me contaran sus historias con Yoda Origami y quedó demostrado (en cierto modo) que Yoda Origami era real y que era cierto que podía emplear «la fuerza».

En el segundo caso, conseguimos (en cierto modo) salvar a Dwight del correccional, pero lo expulsaron de la escuela hasta enero, así que al final terminó yendo a otra escuela y se llevó a Yoda Origami.

Parece que las cosas le han ido bastante bien a Dwight. Ahora está en la Academia Tippett, donde resulta que también va la chica que le gusta. Bueno, eso está muy bien para Dwight... ¿pero qué pasa con el resto de nosotros? Nosotros continuamos aquí, en la Escuela McQuarrie, y ahora no tenemos a Yoda Origami para que nos impida meternos en líos y para que nos diga qué idioteces no debemos hacer.

¡NO HAGÁIS IDIO- TECES!

El primer día en la escuela sin Dwight, Kellen y yo nos preguntábamos si alguna vez

QUE... ABURRI- MIENTO...

volvería a suceder alguna cosa interesante
para escribir (y dibujar) sobre ella.

Parecía claro que la diversión se había
terminado. Además, mi media novia, Sara, y la
media novia de los sueños de Kellen, Rhondella, no dejaban de murmurar con las otras
chicas y casi no hablaban con nosotros. Y,
sin la ayuda de Yoda Origami, no teníamos ni
idea de qué decirles. (Aunque creo que Kellen
consiguió demostrar que un discurso de diez
minutos sobre por qué Boba no murió en las
fauces de Sarlacc no es lo más adecuado para
decirles). ZZZZ

—Si tú no redactas el expediente, yo no
puedo inspirarme en él —dijo Kellen—. ¿Qué
vamos a hacer?

—Quizá podrías terminar por fin los dibu-
jos para la novela gráfica que escribí —repuse.

—Ah, ¿te refieres a la de los vaqueros que
cabalgan montados en caracoles? ¡Colega, si
eso es más aburrido que un suelo de linóleo!
¡Hemos de encontrar ALGO sobre lo que escribir un expediente!

SUELO DE LINÓLEO →

Bueno, ese día no encontramos nada. Pero al día siguiente encontramos algo... un algo GRANDE... un algo GRANDE Y PELUDO: Fortune Wookiee.

PELUDO

Y eso significaba que debíamos responder una pregunta: ¿es posible que un Chewbacca de origami nos pueda ayudar tanto como Yoda Origami?

Así que nos pusimos a trabajar en la documentación de inmediato.

Al principio parecía que ese sería un caso sin Dwight, lo cual resultaba bastante triste. Pero al poco tiempo empezamos a disponer del señor Dwight Avistamientos, así que parecía que todo había vuelto a la normalidad.

Y, por supuesto, como siempre que Dwight se mete en algo, nada es normal.

PRISMÁTICOS

Comentario de Harvey

De momento parece que la verdadera pregunta va a ser: ¿es posible que este caso sea incluso más soso que los dos anteriores?

4

LA APARICIÓN DE FORTUNE WOOKIEE

POR TOMMY

El segundo día de la era Después de Dwight empezó de la misma forma: yo y Kellen sentados en la biblioteca, preguntándonos si el aburrimiento acabaría por engullir a la escuela entera para siempre. (Harvey estaba muy ocupado molestándonos.)

Estábamos justo a principios de noviembre, y Dwight no regresaría, por lo menos, hasta enero... ¡o quizá nunca! Es decir, ¿para qué querría regresar? Ahora estaba en la Academia Tippett. Allí se encontraba su novia y, además, se trataba de una carísima escuela privada en la que se servían platos buenísimos, se impartían clases molonas y cosas así.

EMPERATRIZ RABBSKI ↓

Y, mientras tanto, nosotros continuábamos aquí, en esta escuela dirigida por la directora Rabbski que, básicamente, se comporta como el emperador, pero más maligno y sin los rayos de fuerza.

Y casi todos los demás niños de aquí o bien piensan que somos raros o bobos, o ni siquiera se dan cuenta de que existimos hasta que hacemos algo que no les gusta.

Y la comida es horrible.

Y no tenemos a Yoda Origami para que nos ayude.

Y, además de todo lo anterior, como quizá ya he dicho antes, ¡aquí todo es profundamente aburrido!

Y...

—¡Hola, chicos! —nos saludó Sara al acercarse a nuestra mesa—. ¡Mirad esto!

Y levantó esa cosa extraña. Era como una especie de títere de dedo hecho de origami. Pero, desde luego, no era Yoda: era marrón.

De repente, esa cosa abrió la boca.

¡MMMMMRRRRRWTTTTTHHHH!

—Diablos peludos!
—dijo Kellen—. ¡Es Chewbacca!

—¡Sí! —respondió Sara—. Dwight lo ha hecho para nosotros. Esta mañana, mientras estaba esperando el autobús, me llamó a gritos desde la ventana de su casa y me lo lanzó metido dentro de una bolsa de plástico.

—¡Hazlo otra vez! —le pidió Kellen.

—¡Mmmrrrgggggg! —hizo Sara, abriéndole la boca a Chewie. ¡La tenía llena de colmillos!

—Eh —dijo Harvey. Cada vez que empieza una frase con «eh», ya sabemos que va a ponerse ofensivo—. ¡Para empezar, no está hecho de un único trozo de papel, así que es kirigami y NO origami! ¿Y por qué tiene una grieta en medio de la cara?

Harvey tenía razón: la cabeza de Chewie parecía separada en dos secciones. Puesto que Dwight es un superexperto en origami, me sorprendía que no hubiera conseguido hacer a Chewaka sin una grieta en medio de la cara.

—Eso es lo mejor de todo —repuso Sara—. Esto no es solo una marioneta, sino que es un adivino. Dwight lo llama Fortune Wookiee.

Harvey puso los ojos en blanco.

—Genial. ¿Queréis saber cuál es vuestro

futuro? ¡Pues es mmmrrrwwwggh! Lo cual es de tanta ayuda como las estúpidas predicciones del yoda de papel.

—Eh —soltó Kellen, imitando a Harvey a la perfección—. Quizá recuerdes que las predicciones del yoda de papel siempre se cumplieron.

—¿Siempre? ¿Qué me dices de... ? —empezó a decir Harvey.

—Ya está bien, chicos —se quejó Rhondella, la mejor amiga de Sara—. ¿Queréis saber lo que Chewie tiene que decir, sí o no?

—¡Sí! —respondimos Lance, Amy, yo y Quavondo, que se había acercado para enterarse de lo que sucedía.

—Bueno, esto funciona como con un adivino normal —dijo Sara.

—¿Como qué?

—Como un adivino de papel. Ya sabes —repuso ella.

—Pero no lo sabíamos.

—Es decir, ¿que no tenéis ni idea de qué es un adivino de papel? —dijo Rhondella—. Es un comecocos. ¿Vosotros, mucho ir diciendo que si «origami esto» y «origami lo otro» y no sabéis lo que es un comecocos?

¡CIERTAS ERAN, SÍ!

ADIVINO DE PAPEL

COMECOCOS

—No, pero tú nos lo puedes explicar —dijo Kellen. Mirad, es que está enamorado de Rhondella, pero ella normalmente casi ni le habla porque todavía está enfadada por algo, así que él intentaba hacerle la pelota.

¿Os dais cuenta de lo complicadas que son las cosas en esta escuela? ¿Os dais cuenta de por qué necesitamos ayuda?

¡TRISTE PERO CIERTO!

Bueno, cambio de tema. Sara nos enseñó cómo funcionaba.

—¿Cuál es tu película favorita de *La guerra de las galaxias?* ¿Qué episodio?

—¡El cinco: *El imperio contraataca!* —dije.

Sara sujetó a Fortune Wookiee con las dos manos y le hizo abrir la boca.

—Uno. —Luego le cerró la boca y se la hizo abrir del otro lado, por el centro de la cara—. Dos. —Luego se la abrió normal otra vez—. Tres. —Por la cara—. Cuatro. —Y por la boca otra vez—. Cinco.

Cuando hubo terminado, le dejó la boca abierta.

—Ahora mira dentro de la boca. ¿Ves los cuatro triángulos que hay dentro?

UNO   DOS
        ¡PUAJ!

9

TRIÁNGULOS

—Sí.

—De acuerdo. Di uno de los personajes de
La guerra de las galaxias.

Pensé un momento y dije:

—Wicket.

—¿Wicket? —se burló Harvey—. ¿Has elegido
a Wicket? De todo el universo expandido de *La
guerra de las galaxias*, has elegido a un ewok?

—Bueno, ha sido el primero que se me ha
ocurrido.

—Bien —dijo Sara—. Así es como se supone que debe ser. Y, ahora, mirad.

Puso un dedo encima de uno de los triángulos y dijo:

—W.

Luego lo puso en el siguiente triángulo:

—I.

Y luego, siguiendo el sentido de las agujas
del reloj, fue poniendo el dedo encima de
cada triángulo para cada letra: C-K-E-T.

—Y ahora, si de verdad queremos consul-
tarlo —dijo Sara—, levantaremos el triángulo en el que me he detenido, a ver qué ha
escrito Dwight debajo.

—Veamos —dije—. ¿Qué dice?

¡AHHHH!

—No —repuso Sara—. Dwight me dijo que solo lo utilizara en caso de emergencia.

—¿Emergencia? —preguntó Harvey—. Eh, que me acabo de romper la pierna. Pídele al adivino que me salve.

—Ya sabes lo que quiero decir —dijo Sara—. Estoy segura de que Dwight no esperaba que TÚ le hicieras ninguna pregunta a Fortune Wookiee, Harvey. Estoy segura de que esperaba que te rieras de él.

—¡Eh! ¡Por fin ha hecho una predicción buena! —gritó de alegría Harvey.

Gritó demasiado. La señorita Calhoun, la bibliotecaria, empezó a caminar hacia donde estábamos para hacernos callar. Me pregunto si no se cansa nunca de hacer lo mismo.

Comentario de Harvey

En realidad, el comecocos no es más que una figura de papel plegado tradicional de Japón llamada salero.

Comentario de Tommy: ¡Gracias por esta emocionante información, Harvey! ¡Como siempre, tus comentarios son TAN instructivos!

SAL

LA VENGANZA DE RABBSKI

POR HARVEY

Escenario: Biblioteca

Cuándo: Dos segundos después del final del capítulo anterior.

Antes de que la señorita Calhoun nos pillara, oímos otra voz a nuestras espaldas... ¡una voz que haría nacer el miedo en el corazón de cualquier persona decente... una voz que es como una perturbación de «la fuerza»!

—Sara, no me esperaba que tú tuvieras en las manos una marioneta de *La guerra de las galaxias*.

¡Era la directora Rabbski!

¿De dónde había salido? En serio, creo que tiene algún tipo de poderes sith. (Bueno, no tan en serio.)

—Bueno, estoy segura de que habéis oído todo tipo de historias sobre por qué Dwight no está con nosotros. —La directora Rabbski nos fulminó con la mirada a Tommy y a mí—. Sabréis que Yoda Origami no fue el motivo de su expulsión, pero que sí era una gran distracción en el entorno de aprendizaje.

≫Todos sabéis cuál es la normativa de la escuela. Estáis aquí para estudiar, y mi trabajo consiste en eliminar cualquier distracción u obstáculo. Por eso, a partir de ahora, tendremos una regla nueva. Todo esto del origami está muy bien, pero está bien en casa. Que no salga de casa, o deberé asegurarme de que no lo haga. Nada de marionetas, ni aviones de papel, ni papel plegado de ningún tipo. Vamos a empezar de nuevo, ¿de acuerdo?

¡Vaya, eso era lo peor que podía suceder en la vida! ¡No se puede impedir a la gente doblar un trozo de papel! ¿Qué va a hacer, arrestar a Jeff, el cocinero, por darnos servilletas en el comedor? ¡Las servilletas son papeles plegados, así que son origami! ¡Cada vez que pliegas un papel, haces origami! ¿Y los libros? ¡Papel plegado! ¿La hoja de notas? ¡Papel plegado! ¿Los sobres? ¡Papel plegado!

¿Papel higiénico? ¡No es origami, porque está enrollado y no plegado! ¡Pero hay un millón de cosas que son origami!

—Señorita Rabbski, esto es totalmente injusto —dije—. Yo soy casi un maestro del origami.

—Harvey, tú deberías ser el último en hablar ahora mismo. Tú y Darth Vader habéis provocado casi tantos problemas como Yoda origami.

—Pero él ya no es Darth PAPER —dije, mostrándoselo—. Ahora vuelve a ser Anakin. Mire cómo el casco se levanta y muestra...

—¡Esto es exactamente de lo que hablaba! —dijo Rabbski, arrancándome a Darth Paper/Anakin del dedo—. Distracciones. Estáis tan distraídos con esta tontería que ni siquiera escucháis. No me importa quién sea tu marioneta, porque no debe estar aquí en la escuela. Nada de origami en la escuela. Es así de sencillo.

Yo ya empezaba a pensar de qué manera podía demandar a la escuela. Pero entonces sucedió una cosa muy extraña...

—Creo que no estoy de acuerdo con esto, señorita Rabbski.

¡Era la bibliotecaria, la señorita Calhoun!

—¿Perdón? —dijo Rabbski.

—No voy a prohibir nada en la biblioteca —dijo Calhoun—. Cada cosa que aprenden los niños aquí es buena. Y ahora tenemos una buena sección de libros

SRTA. CALHOUN

FUERZA
ESTRAN-
GULA

sobre origami, porque los niños han estado muy interesados en eso últimamente.

Por un momento creí que Rabbski iba a emplear «la fuerza» para estrangular a la señorita Calhoun, pero pasaron dos segundos sin que ocurriera nada. Finalmente, la señorita Rabbski le dedicó una breve inclinación de cabeza a la señorita Calhoun, fue como un lento asentimiento con la cabeza.

—De acuerdo —dijo—. Si no le molesta que lo hagan aquí, está bien. Pero eso es todo. Si me entero de que hay problemas en clase o si os veo, chicos, con esas marionetas en el comedor o por los pasillos, os las confiscaré.

La señorita Rabbski me devolvió a Darth Paper y se fue. Y la señorita Calhoun —a quien yo creía interesada solamente en que no utilizáramos los ordenadores para jugar— se convirtió en nuestra heroína.

—¡Diga el personaje que prefiera de *La guerra de las galaxias*, señorita Cahoun! —le dije—. ¡Yo se lo haré!

—¡Vaya, gracias, Harvey! ¿Qué tal el general Grievous? —repuso.

Tío, será difícil hacerlo, con esos cuatro brazos. Todavía estoy trabajando en ello.

LA VERDAD, ME GUSTARÍA QUE MIS BRAZOS FUERAN MÁS LARGOS...

Mi comentario: Es extraño que no pensara en esto antes, pero tenemos un montón de libros sobre origami, y también sobre *La guerra de las galaxias*. Y la señorita Calhoun debe de ser quien los compra. Yo no tenía ni idea de que ella se fijaba en nosotros. Creía que su único interés consistía en decirnos a Kellen y a mí «Gritad en voz baja».

HAN DOBLO

POR TOMMY

Cuando Rabbski se fue, Sara nos mostró una marioneta de dedo de origami de Han Solo. Lo llamaba Han Doblo.

—¿Han Doblo? —se burló Harvey—. ¿Qué nombre es ese? Es lo más tonto que he oído en mi vida.

Ella lo fulminó con la mirada y empezó a guardar a Han Doblo.

—¡Un momento! —dijimos Kellen y yo—. Queremos verlo.

—Pues es una pena —dijo ella, y empezó a apilar los libros para marcharse—. De acuerdo, está bien —dijo Harvey—. Lo siento. No es lo

¡AHORA SOY AMABLE!

más tonto que he oído en mi vida. (Para Harvey, ahora que ha escapado del Lado Oscuro, esto es ser amable. Todavía le queda un laaaaaaargo camino por recorrer.)

—¿Y qué hace Han? —preguntó Lance.

Así que Sara volvió a sacarlo y dijo que nos iba a hacer una imitación de los rugidos y los gruñidos de Chewbacca.

Harvey se rio por debajo de la nariz y Han Doblo dijo:

—¡Ríete de verdad, bola de pelo!

Sara dijo que solo sacaría a Chewie y a Han Doblo en la biblioteca, para no tener problemas con Rabbski. Podíamos ir a verla en la biblioteca antes de clase cada vez que tuviéramos una pregunta real, actual e importante.

Comentario de Harvey

Bueno, lo siento, pero Han Doblo es aburrido.

Una cosa es que Dwight dibujara una cara en su Yoda de emergencia. Y sí, yo también dibujé un poco en mi Darth Paper. Pero Han Doblo no es más que un cuadrado con pelo, una cara y un chaleco pegado. Esto no es origami de verdad.

¿Y qué decís del nombre? ¿Han Doblo? ¿En serio?

Mi comentario: Ajá... ¿¿¿Que Han Doblo no es origami??? Creo recordar que un listillo iba diciendo «¡Origami es papel plegado! Cada vez que pliegas un papel, haces origami».

Además, Han SOLO es lo contrario de aburrido. Así que no es posible que Han DOBLO sea aburrido.

En ese momento, yo seguía escribiendo secciones del expediente del caso solo por costumbre, y dejaba que Harvey y Kellen hicieran sus aportaciones. Todavía no sabía que esto se convertiría en una investigación de verdad. Me parecía que solo dejaríamos constancia de las experiencias de otros chicos con Fortune Wookiee, si es que sucedía algo. Pero al día siguiente, Lance tuvo una pregunta real, actual e importante. En realidad, se trataba de una real, actual e importante EMERGENCIA...

EL BOOGIE-WOOGIE DE FORTUNE WOOKIEE

POR LANCE

Yo tenía un problema y necesitaba de verdad, de verdad, la ayuda de Yoda Origami.

Pero sin Dwight no había Yoda, así que decidí probar con Fortune Wookiee. Estaba desesperado. Pero ir a ver a Sara y explicárselo todo para que me permitiera oír el consejo de Fortune Wookiee... resultaba vergonzoso. No me hubiera importado explicarle mi secreto a Dwight, porque sabía que él no se hubiera reído de mí.

Pero era Fortune Wookiee o nada, así que no me quedaba más remedio que hablar con Sara. Y debía hacerlo a primera hora de la mañana, porque sabía que el lío se armaría en la escuela ese mismo día. Y las cosas se pondrían un millón de veces más vergonzosas si no hacía algo al respecto de inmediato.

La encontré en la biblioteca con Tommy, y le pedí que fuéramos a otra mesa porque quería preguntarle una cosa. Tommy me fulminó con la mirada, pero yo me puse en plan «Lo siento, tío, pero esto es un asunto serio».

Sara y yo nos fuimos a otra mesa.

—¿Me prometes que no se lo contarás a Amy? —le pregunté en voz baja.

—Claro que no —dijo.

—¿Y Tommy? ¿Tampoco se lo dirás, verdad? Aunque sea tu...

—No —dijo ella—. No se lo diré a Tommy. Jolín, ¿cuál es el problema?

—Bueno —repuse, mirando a mi alrededor para asegurarme de que nadie nos observaba. ¡Es difícil disponer de un minuto de privacidad en esta escuela!—. Bueno, ¿sabes que hace un par de años que estoy tomando clases de kárate?

—Eh... sí.

—Bueno, no son clases de kárate, exactamente.

—¿Y qué son? —preguntó Sara—. ¿Clases de *ballet*?

Y yo me puse en plan:

—¡AAAAH! ¡SHHHHH! ¿Cómo lo has sabido?

—No lo sabía. Solo he dicho lo más tonto que se me ha ocurrido. ¿DE VERDAD estás haciendo clases de *ballet*?

—Sí —respondí—. Y de claqué.

—¿Claqué? ¿Bailas claqué?

—Sí —dije.

Y le conté a Sara cómo había empezado todo. Un par de años antes sí estaba tomando clases de kárate. O, para ser más exacto, hice una clase de kárate en la escuela Baile-Dojo de Debbie y Don. La señorita Debbie es la profesora de baile y su esposo, Don, es el profesor de kárate coreano.

Mi madre consiguió unos cupones en Internet para hacer unas clases de introducción, y tuvo la idea de que yo probara con el kárate coreano y que mi hermana pequeña probara con el claqué. Bueno, pues Grace decidió que quería hacer kárate coreano, también.

Así que los dos fuimos a la misma clase de introducción, y Don no dejaba de decir lo bien que lo hacía Grace. A mí solo me dijo que no me moviera demasiado.

Luego llegó la hora de la clase introductoria de claqué de Grace. Mamá y yo estábamos sentados en unas sillas plegables y mirábamos. Cuando vi bailar a la señorita Debbie, no me lo podía creer: era fantástica.

Así que... Grace hace kárate coreano. Yo hago claqué. Y la señorita Debbie dijo que yo era muy bueno, y que debía hacer *ballet* también, puesto que necesitaba un chico para el grupo de *ballet*.

Yo pensé que no había ningún peligro, ya que la escuela Debbie-Don está al final de la calle Williamson. Nadie de nuestra escuela iba ahí.

Hasta ahora.

—¡Pero ayer Jen estaba en Debbie-Don! ¡También está haciendo clase con la señorita Debbie! —dije—. ¡Se lo va a contar a todo el mundo!

—No quiero ser bruta, pero ¿Jen sabe quién eres? —preguntó Sara.

—Sí. En quinto curso hubo un incidente en el comedor. Tuvo que ver con un pudin. Ella todavía no me ha perdonado. ¡Y ahora tiene la oportunidad de humillarme! ¡Quizá ahora mismo ya se lo esté contando a Harvey!

—Vaya, ¿y qué vas a hacer?

—¡No lo sé! Es por eso que quiero preguntarle a Fortune Wookiee. Debo impedir que lo haga.

—De acuerdo, vamos a ver qué dice.

Me preguntó cuál era mi película favorita de *La guerra de las galaxias*. ¡El *Episodio III: La venganza de los sith*! Luego, cuál era mi personaje favorito: Boba Fett.

Ocho letras. Sara las iba pronunciando mientras señalaba los triángulos. Cuando llegó al final de Fett, levantó el triángulo que estaba señalando y leyó lo que ponía debajo.

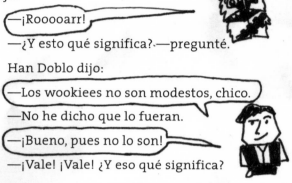

—¡Rooooarr!

—¿Y esto qué significa?—pregunté.

Han Doblo dijo:

—Los wookiees no son modestos, chico.

—No he dicho que lo fueran.

—¡Bueno, pues no lo son!

—¡Vale! ¡Vale! ¿Y eso qué significa?

—Supongo que significa que alardean y fanfarronean mucho —dijo Sara.

—Quiero decir... ¿eso de qué me sirve?

—Creo que lo pillo —dijo Sara—. En lugar de sentirte avergonzado, se supone que debes sentirte orgulloso. ¡Alardea de ello!

—¡Hey, Lance!

¡Era Harvey! ¡Y con una sonrisa de burla tamaño jumbo! Seguro que Jen ya se lo había contado.

Tommy y Kellen levantaron la vista del juego Pencil Podrace. Mike y Quavondo nos miraban desde la mesa de los ordenadores. ¡Y Amy apareció de la nada! ¡Genial, todo el mundo se iba a reír de mí! ¡Se olvidarían por completo de Dwight, y yo pasaría a la historia como el chico más raro de todo el colegio!

—Chicos, no os vais a CRE-ER esto —anunció Harvey—. ¡Lance está yendo a clases de baile!

Yo estaba a punto de negarlo, pero entonces Sara susurró:

—¡Ahora! O eres un cobarde o un wookiee.

Decidí ser un wookiee.

Me di la vuelta y miré a Harvey. Directamente a los ojos. Un signo de debilidad por mi parte le daría la oportunidad de atacar a muerte: me di cuenta de que estaba a punto de soltar un montón de chistes sobre tutús.

—Lo que TÚ no te vas a creer, Harvey —dije, en voz alta para que lo oyera todo el mundo—, es lo bueno que soy.

—¿QUÉ?

La sonrisa de burla desapareció de su cara.

Supe que había ganado.

—¿Eres bueno? —preguntó Tommy.

—¡Soy genial!

—Demuéstralo —dijo Harvey.

Lo hice. No se oía tan fuerte como con mis zapatos de claqué, pero el linóleo del suelo no sonaba mal. Hice los pasos rápidos, los golpes de talones y añadí un par de

¿ESTÁS CHIFLADO?

movimientos de break-dance que había aprendido en YouTube.

Bueno, no puedo decir que el público enloqueciera, pero la señorita Calhoun sí lo hizo. Estaba furiosa. Me arrastró hasta su oficina y dijo «¿Estás chiflado?» unas cincuenta veces.

¡PELIGRO!
¡BIBLIO-
TECARIA
ENOJADA!

Pero cuando salí de la oficina, la crisis había terminado. Todo el mundo había vuelto a sus tareas.

Algunos me dijeron que yo era muy bueno. Otros (Harvey) dijeron que yo era un fracaso.

Amy me dijo que era fantástico, sobre todo teniendo en cuenta que los chicos de aquí no saben bailar en absoluto. (Amy se aseguró de que Harvey la oyera cuando decía eso.)

—No es que no sepa bailar —dijo Harvey—. Pero no quiero.

—Ya, ya —repuso Amy y, girándose hacia mí, dijo que quizá también empezaría a ir a clases en Debbie-Don, y que eso sería genial porque nos veríamos más a menudo y podríamos hacer cosas juntos fuera de la escuela.

No creo que Yoda Origami me hubiera podido dar un consejo mejor. Quiero decir que yo no necesitaba comportarme con sabiduría, sino que necesitaba ser un wookiee.

Bueno, una cosa está clara: BAILAS como un wookiee.

Mi comentario: Para empezar, creo que ahora es un hecho demostrado que los wookiees saben bailar. (Buscad pruebas en YouTube.) En segundo lugar, ¡fue un consejo a la altura de Yoda Origami! Aunque debo reconocer que, probablemente, yo me hubiera burlado de Lance por ir a clases de baile en lugar de a clases de kárate si no se hubiera mostrado tan orgulloso de ello.

RESPUESTA: ¡EL PEQUEÑO SR. HOWELL!

¿QUIÉN ES AHORA EL CHICO MÁS RARO DE LA ESCUELA?

POR KELLEN, TOMMY Y HARVEY

Cuando Lance terminó su espectáculo de claqué en la biblioteca, Rhondella dijo:

—¡Bueno, ahora ya sabemos quién de vosotros es el chico más raro de la escuela! Después de que Dwight se marchara, no sabía quién sería. Pero creo que Lance ha ganado.

Pero, por supuesto, Amy salió en defensa de Lance en plan:

—No es raro. ¡Es guay! El raro es Harvey.

—¿Qué? ¿Y yo qué he hecho? —se puso Harvey, y entonces se armó una discusión interminable hasta que decidimos hacer una votación oficial.

¿YO? ¡Y YO QUÉ HE HECHO!

¿EH? ¿QUIZÁ ESTO?

¿QUIÉN ES EL CHICO MÁS RARO DE McQUARRIE?
—VOTA ABAJO

Debo votar por Murky como el chico más raro de la escuela. ¡Es simpático! ¡Me cae bien! Pero habla muy raro. Todo es bum total o magistral o tonel o dodo . Me parece que se cree que es una especie de estrella del rock o algo así. —Mike

¡Murky ES una estrella! O, por lo menos, lo será. No es raro, sino que es… ¡bum total! Yo voto por el señor Howell. ¡Solo porque no sea un niño no significa que no sea el chiflado más raro y espeluznante que anda con patas por la escuela/el país/el planeta/la galaxia! —Kellen

Yo voto por mí, también. Magistral. —Murky

Me costó mucho decidir por quién votar. Tanto Tommy como Kellen son muy muy raros. Pero creo que me inclino por Tommy a causa de su corte de pelo. ¡Se parece a Ki-Adi-Mundi! —Harvey

Tater Tot. —Sara

Quizá Kellen. ¡Dibuja en TODAS PARTES! —Amy

Sí. Retiro lo que dije sobre Lance. Es Kellen. ¡Sin duda! —Rhondella

¡Rhondella! —Remi

Después de haber conocido a Dwight, todo el mundo parece bastante normal. Supongo que voto por Brianna. No es que sea rara de verdad, pero se cree tan perfecta que sería genial que ganara y fuera nombrada la rara más rara de la escuela. Es una friki. —Cassie.

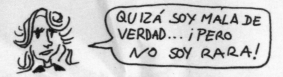

QUIZÁ SOY MALA DE VERDAD... ¡PERO NO SOY RARA!

Tommy: Hmmmm... Parece que todo el mundo ha aprovechado esto para insultar a alguien. No era exactamente esa mi idea, aunque me gusta pensar que Brianna ganará.

Me he preguntado quién era el chico o chica más raro de la escuela, y supongo que «raro» ya no es un insulto. No, después de Dwight. «Aburrido» quizá sí, pero «raro» no.

¡Así que voy a votar por Dwight!

Comentario de Harvey

¡Te has olvidado por completo del sentido de tu ESTÚPIDA VOTACIÓN! ¡Dwight no puede ser el chico más raro de la escuela puesto que ya no está EN ESTA ESCUELA!

Mi comentario: ¡No me importa!

Todo esto hizo que me preguntara cómo le iría a Dwight en la nueva escuela. No contestaba mis correos electrónicos. Así que le pedí a Sara, que es su vecina, que averiguara qué estaba haciendo después de la primera semana en su nueva escuela.

Lo que descubrió es extraño.

SARA... CUANDO DESCUBRE UNA COSA EXTRAÑA →

MAMÁ DE DWIGHT

LA PRIMERA SEMANA DE DWIGHT

POR SARA

Acabo de regresar de hablar con la mamá de Dwight. ¡Ha sido una conversación rara!

Yo: ¡Hola, señora Tharp!

Señora Tharp: Oh, hola, Sara...

(Lo dijo como si no se alegrara de verme.)

Yo: ¿Está Dwight?

Señora Tharp: Sí... pero, esto, está arriba haciendo los deberes.

(Eso era raro, porque Dwight parecía que no hacía nunca deberes cuando estaba en McQuarrie. Y también era extraño porque ella estaba como bloqueando la puerta, dejando claro que no debía subir para verlo.)

Yo: Oh, quería saber si le gusta su nueva escuela.

Señora Tharp: Creo que le gusta mucho. ¡Creo que se ha adaptado muy bien!

(¿Dwight? ¿Adaptarse? ¿¿¿¿Qué???)

Yo: ¡Eso es genial!

Señora Tharp: Parece que allí entienden lo muy especial que es. Creo que por fin ha encontrado el lugar adecuado.

Comentario de Harvey

¿Veis? ¡Yo tenía razón desde el principio! ¡Dwight está mucho mejor en otra escuela! ¡Darth Paper y yo le hicimos un gran favor!

Mi comentario: Bueno, no estoy seguro... No creo que la señora Tharp comprenda a Dwight de verdad. Y no creo que en su nueva escuela lo hagan tampoco.

Lance averiguó más cosas gracias a una chica que hace *ballet* en Debbie-Don. Está en la misma clase de Dwight, en la Academia Tippett, ¡y su versión de la llegada de Dwight es todavía más extraña! Lance le pidió que lo escribiera para que yo pudiera añadirlo al expediente del caso.

Yoda Origami y los Yoda Origami

POR McCALLIE
(ENVIADO POR CORREO ELECTRÓNICO A LANCE)

El lunes, la señorita Brendie —la asesora académica— trajo a Dwight a nuestra clase. ¡Es tan mono! Parecía un cachorro perdido. Desde el principio quise darle un abrazo, pero parece que no le gustan los abrazos, pero no pasa nada porque cada uno es una persona distinta y a cada uno le gusta una cosa diferente y todo el mundo es especial, ¡especialmente Dwight, que es muy especial!

Nuestra profesora, la señorita Nelson, le pidió a Dwight que se presentara. Pero él no tenía ganas de decir nada.

—Me han dicho que sabes hacer una cosa totalmente única, Dwight —dijo la señorita Nelson—. Me han dicho que sabes hacer o-ri-ga-mi.

SRTA. NELSON

—Mi madre no quiere que haga origami en esta escuela —murmuró Dwight—. Tuve problemas en mi otra escuela.

—Dwight —dijo la señorita Brendie—, ya sabes que he hablado con tu mamá sobre eso. Aquí no tendrás problemas con tu origami. En realidad, creo que sería genial si les enseñaras a los demás a hacerlo. ¿No sería genial, chicos? ¡Me han dicho que Dwight sabe hacer yoga origami! ¿Nos podrías enseñar a hacer yoga origami, Dwight?

¡YOGA ORIGAMI!

SRTA. BRENDIE

—Es Yoda —farfulló Dwight.

Entonces Dwight se puso a dar una larga explicación sobre los distintos Yodas de origami y sobre el que se hizo en Japón y sobre el que hizo él, y así sin parar. Ya empezaba a parecer que no se callaría nunca. Finalmente, la señorita Nelson dijo:

—Bueno, que cada uno coja una hoja de papel para que Dwight nos pueda enseñar a hacer un Yo-*da*.

¡Así que lo hizo! El mío quedó torcido, pero se parecía a Yoda. Entonces la señorita Nelson nos dejó un rato libre para que pudiéramos dibujar las caras de los Yoda.

34

Cuando hubimos terminado, la señorita Nelson le pidió a Dwight que se pusiera en pie
otra vez. (Dwight se había sentado.)

—Chicos, vamos a dar la bienvenida a
Dwight con las marionetas de dedo! O, como
diría Yoda, «¡Bienvenido a nuestra clase tú
eres!».

—Bienvenido a nuestra clase tú eres —dijimos todos a la vez, moviendo nuestros Yoda
de origami.

Dwight parecía bastante confundido todo el
rato. Eso hizo que yo quisiera abrazarlo otra
vez.

¡Tenemos tanta suerte de que Dwight esté en
nuestra clase! ¡Lo adoramos!

¡Además, todos llevamos nuestros Yoda por
ahí y hablamos como él! ¡Creo que deberíamos
convertir a Yoda Origami en la nueva mascota
de la clase, en lugar de ese horrible osito
de peluche de la señorita Nelson!

¡PUAJJJJ! ¿¿¿¿Que adoran a Dwight y quieren abrazarlo???? ¡Qué horror, ya empiezo a sentirlo por él!

Mi comentario: Yo también, la verdad.

En primer lugar, porque sé que Dwight detesta abrazar a la gente.

En segundo lugar, Yoda Origami fue lo que hizo que Dwight fuera Dwight. Y ahora solo es uno más de los treinta niños que tienen su propio Yoda Origami.

Bueno, espero que pronto se den cuenta de que el Yoda Origami de Dwight es el Yoda de verdad, tan pronto como empiece a mostrar su sabiduría de Jedi.

Mientras tanto, Fortune Wookiee empezaba a enseñarnos un poco de sabiduría también.

FORTUNE WOOKIEE Y EL BUEN CAMINO

POR MIKE

Sabéis que se supone que en este país somos libres de creer en cualquier religión, ¿verdad?

Bueno, pues en mi familia, no.

En mi familia hay que ir a la escuela del sábado y a la iglesia cada domingo, tanto si quieres como si no. (Y siempre estamos rezando.)

Y debes ir a la iglesia los miércoles por la noche, otra vez.

Y los jueves por la noche, yo debo ir a la reunión de El buen camino.

Debo llevar una ropa muy incómoda cada vez. No creo que sea Dios quien quiere que me ponga

esa ropa, sino mamá. Muchos niños van a las reuniones de EL BUEN CAMINO en camiseta y vaqueros. Pero mamá dice que eso es una falta de respeto hacia la casa de Dios.

Yo, personalmente, creo que la falta de respeto es estar en la casa de Dios sufriendo picores.

Pero hay una cosa buena en todo esto de ir a la iglesia, y es esa niña que se llama Cyndi. Ella no va a nuestra escuela porque estudia en casa, así que solamente la veo en la iglesia. Lo malo es que parece que le gusto tan poco como a las demás chicas de la escuela. Así que en realidad no vale la pena pasar dos horas sentado y sufriendo picores para que me diga «Esto... hola».

Pero bueno, todo eso sucede en las semanas normales. Una vez al mes es mucho peor.

Cada mes se hace una comida de espaguetis para recaudar fondos para hacer el viaje anual al centro EL BUEN CAMINO, en Richmond.

Si yo fuera rico, simplemente pagaría ese aburrido viaje a todos los niños sin que tuvieran que hacer doce comidas de espaguetis. O, mejor, pagaría un poco más de dinero al conductor del autobús para que pinchara una rueda por

PASTOSO   PEGAJOSO   AGUADO   RANCIO

accidente y pudiéramos librarnos de esa supera-
burrida reunión.

Bueno, volviendo a las comidas de espaguetis.
Las detesto por completo, pero la parte que más
detesto es la de lavar. Porque el grupo de EL
BUEN CAMINO es para niños de sexto, séptimo y
octavo grados. Los de sexto reciben a la gente,
les dicen dónde deben sentarse y les sirven pan
de ajo. Los de octavo preparan la salsa para los
espaguetis y los espaguetis, y los sirven en
grandes bandejas a la mesa.

¿Adivináis qué hacemos los de séptimo curso? Lo
limpiamos todo. Es un enorme lío. La gente tira
salsa de espaguetis POR TODAS PARTES y tiran migas
de pan de ajo POR TODAS PARTES y tiran la bebida
POR TODAS PARTES.

Y, en la cocina, los de octavo organizan el
lío más gordo que os podáis imaginar. Es decir,
¿qué demonios hacen allí dentro para ensuciar
tantas ollas y sartenes?

Me encantaría poder escabullirme e irme a
casa, pero mi madre tampoco me deja hacerlo. Así
que normalmente acabo apilando las sillas y
apartando las mesas. No es tan malo como lavar
los platos, pero es un rollo igualmente.

¡DE NINGUNA MANERA, SEÑOR!

¡¡¡CUIDADO!!! MAMÁ DE MIKE

Bueno, pues ya no lo soportaba más. Ya basta. Así que quería preguntarle a Yoda Origami cómo podía salir de eso... pero resultó que no podía preguntárselo a Yoda Origami, porque han expulsado a Dwight de la escuela.

La verdad es que no comprendía cómo me podía ayudar un Chewbacca de origami. Quiero decir, Chewbacca es genial para conducir una nave espacial o para disparar su fantástica ballesta wookiee, pero no puede emplear «la fuerza» como Yoda. Entonces, ¿cómo se supone que puede predecir el futuro o dar consejos?

Lo que sucedió fue lo siguiente: le conté a Sara cuál era la situación. Entonces ella me preguntó cuál era mi película favorita de *La guerra de las galaxias*.

—*Las guerras clon* —repuse.

—No, debe ser uno de los seis episodios —dijo ella.

—El primer episodio.

—¿El primero? ¿*La amenaza fantasma* es tu película favorita? —preguntó.

¡A MÍ TAMBIÉN ME GUSTA!

—Todo el mundo monta un escándalo cuando digo eso. ¡¡¡Bueno, pues quizá no soy libre para dejar de ir a la iglesia, pero sí soy libre para que me guste la película de *La guerra de las galaxias* que quiera, y me gusta *La amenaza fantasma*!!!

—*Vaaaale* —repuso Sara, y contó «uno» mientras movía el Chewbacca de origami.

—¿Y qué personaje? —preguntó.

—¡Darth Maul!

—D-A-R-T-H M-A-U-L —repitió Sara. Levantó un triángulo e hizo:

REGRESO DE DARTH MAVLNUt, EL CHIFLADO

—¡MMGGGGHHHRRRRR!

La verdad es que imita bastante bien a Chewbacca.

—¿Y eso qué significa? —pregunté.

Sara sacó a Han Doblo.

—Significa «No existe un wookiee perezoso, chico. Un wookiee acepta el trabajo más duro, y lo hace bien», ha dicho Han Doblo.

—¿Un gruñido significa todo eso? —pregunté.

—Sí —respondió Sara mientras guardaba a Chewie y a Han en la mochila—. Y ahora debes ser un wookiee, y que «la fuerza» esté contigo.

41

No era eso lo que yo quería oír pero, por algún motivo, no sonaba mal.

Bueno, tuvimos la cena de espaguetis. Se montó un gran desorden. Como siempre, el pastor J.J. dijo:

—¡A ver, los de séptimo! ¡Es hora de limpiar! ¿Voluntarios para lavar los platos?

PASTOR J.J.

En otro momento me hubiera escondido para esperar a presentarme como voluntario para amontonar las sillas o para cualquier otra cosa que no fuera lavar los platos, pero decidí seguir el consejo de Fortune Wookiee de aceptar el trabajo más duro.

—Yo —dije.

Entonces, ¡adivinad quién dijo «yo» después de mí! ¡Cyndi!

Nos lo pasamos en grande. Estuvimos lavando platos durante unas dos horas, y nos reíamos de todo. Todo era divertido.

—Mira, un plato lleno de mantequilla. ¡Jajajaja!

Todos se habían ido a casa. Finalmente apareció mi madre y se puso en plan:

HUELLAS
DE DEDOS
GRASIENTOS

HÚMEDO
+
ASQUEROSO

SALSA DE
ESPAGUETIS

—¿Qué estás haciendo? ¡Hace media hora que te estoy esperando en el coche!

Entonces vio mi camisa, que estaba manchada de salsa de espaguetis y de restos de lavavajillas.

—¡Tu camisa nueva! ¡De verdad! ¡La próxima vez ponte otra cosa si vas a lavar los platos!

Desde luego que sí, que voy a lavar los platos la próxima vez. Y la siguiente, y la siguiente...

Ah, y otra cosa: ¡SOY UN WOOKIEE!

Comentario de Harvey

Bueno, es verdad que tiene mucho pelo. Pero, a parte de eso, no creo que Mike se parezca mucho a un wookiee. Siempre lo imagino más como un ugnaught.

Y en cuanto al consejo de fortune wookiee... Dwight os ha vuelto a hacer creer que su tonta figurita de papel dice cosas sabias. Pero no son más que estupideces. ¿Lavar platos durante dos horas y hablar con una niña? No, gracias.

TU FUTURO: MOLESTAR A UN
«AMIGO» PROVOCARÁ
MIL QUEJAS ☺

Mi comentario: Supongo que depende de la chica. Yo me pasaría el día lavando platos si con eso estuviera al lado de Sara. Creo que fue un consejo genial. Además, antes o después los chicos de EL BUEN CAMINO hubieran acabado dándole una paliza a Mike por escaquearse todo el tiempo.

FORTUNE WOOKIEE SE NIEGA

POR KELLEN

Yo:	Estoy pensando en dejarme rastas. ¿Qué dice Fortune Wookiee?
Sara:	¿En serio? ¿Cuál era la primera pregunta que tenías en la cabeza?
Yo:	Bueno...
Sara:	Vuelve cuando estés dispuesto a hacer la pregunta auténtica.
Yo:	¡Esta es la pregunta auténtica!
Sara:	Observa tus sentimientos. Sabes que no es la pregunta auténtica.
Yo:	¿Que observe mis sentimientos? ¿Y tú quién eres, una maestra Jedi, de repente?

Sara: Sí.

Rhondella: Y ahora, vete.

Comentario de Harvey

¿Rastas? ¿De verdad que Kellen quiere tener una pinta más rara que la que ya tiene?

Mi comentario: Hmmm... Quizá... Veamos el dibujo, Kellen...

Mi otro comentario: Eh...

FORTUNE WOOKIEE Y LA NIÑA DE SEXTO ENAMORADA

POR REMI, LA NIÑA ENAMORADA

De acuerdo, Tommy, te contaré mi historia, pero NO le enseñes esto a Kellen... iiiiiiiiiiisi se lo enseñas a Kellen, te machacaré!!!!!!!!!!!!!!

Nota de Tommy para Tommy: querido yo, para evitar ser machacado por una enloquecida chica de sexto enamorada, !!!!!no imprimas esta parte hasta que Kellen haya terminado con el archivo del caso!!!!! atentamente, yo.

mi problema es que AMO A KELLEN... sí, es AMOR de verdad... ¡es tan guapo y simpático y genial! quiero decir, es tan...

Nota de Tommy: esto duró un rato. Al final lo corté porque me daban ganas de vomitar.

¡pues el problema es que solo soy una chica de sexto y he conocido a Kellen ESTE AÑO y Rhondella hace años y años que lo conoce así que es evidente que él la conoce más a ella que a mí y es por eso que él CREE que la ama y ni siquiera se da cuenta de que existo!

de acuerdo, está bien, puedo vivir con eso y procuraré no odiar a Rhondella... aunque ella sea una MIMADA... ¡¡¡y el motivo de que pueda vivir con eso es que sé que algún día él se dará cuenta de que me AMA a mí mucho más de lo que ella le GUSTA!!!

pero debo admitir que puede ser una enorme PESADEZ esperar a que llegue ese día... he hecho todo lo que se me ha ocurrido para que ese día llegue antes ¡¡¡pero ni siquiera consigo llamar su atención!!!

a pesar de todo, no pasa nada... puedo esperar... pero lo que de verdad quería era una imagen para poderla mirar mientras espero... ¡una foto de Kellen y yo JUNTOS!

pasé un par de semanas dando vueltas por ahí con

el móvil en la mano... lo cual va en contra de las normas de la escuela pero NO me importa... le hice una foto pero estaba muy lejos y salió borrosa y me metí en un lío pero ya he dicho que NO ME IMPORTA meterme en líos lo único que quiero es una foto que no esté borrosa y en la que salgamos los dos!

iba a pedirle ayuda a Yoda Origami... ¡pero entonces echaron a Dwight de la escuela! y entonces me enteré de que había enviado a Chewacca Origami para ayudarnos y me puse contenta pero entonces me enteré de que era Sara quien tenía a Chewacca Origami...

Tommy, sé que te gusta Sara y no pasa nada... estoy segura de que es simpática pero no me puede caer bien porque es la mejor amiga de Rhondella que es quien hace que mi vida sea un desastre y además es una mimada...

bueno, después de meterme en un lío por culpa del móvil, me di cuenta de que no tenía otra opción... debía ir a ver a Sara y pedirle que consultara a Chewbacca Origami...

la encontré en la biblioteca con Rhondella, claro, y le pedí que habláramos en privado... nos fuimos a la zona de biografías donde nadie va NUNCA excepto cuando no les queda más remedio que consultar una biografía para alguna clase...

—¿y por qué no se lo preguntas a él? —preguntó Sara.

en realidad, lo primero que dijo fue «¿¡¿¡QUÉ!?!? ¿¡¿¡A KELLEN?!?!?! ¿¡¿¡¿ESTÁS DE BROMA?!?!?!?» y estuve a punto de darle un puñetazo... pero entonces se calmó y me dijo «¿y por qué no se lo preguntas a él?».

—¡¡¡¡¡no se lo puedo preguntar a él!!!!! —dije—. Entonces él sabría que todavía no estoy preparada para que lo sepa. ¡Sería muy incómodo para él descubrir que le gusta a una chica de sexto mientras él está loco por Rhondella!

—de acuerdo, pues ¿por qué no vas a hablar con él y entonces yo aparezco y os hago una foto?

—¿de verdad que lo harías? Esto es FANTÁSTICO. ¡Siento haber pensado que también eras una mimada como Rhondella! Pero si hace eso él verá la cámara y se extrañará...

—¿y si la hago desde el otro extremo de la habitación? —preguntó Sara.

—ya intenté hacerle una foto así y salió borrosa... además quiero un primer plano... por eso necesito la ayuda de Fortune Wookiee... es imposible...

—no hay nada imposible para Fortune Wookiee
—dijo Sara y sacó a Chewbacca Origami...

¿cuál es tú película favorita de *La guerra de las
galaxias*? *El retorno del Jedi*... 1-2-3-4-5-6... Di un
personaje... Lando... L-A-N-D-O... se detuvo en uno de
los triángulos y lo levantó y lo leyó y decía:

—¡WAAARRGGGH!

—esto... ¿qué significa?

Sara agitó la otra marioneta que se supone que es
Han Solo:

—¡deja que wookiee gane!

—¿qué? ¿¿¿Que deje que Rhondella se quede con
él??? ¡¡¡¡DE NINGUNA MANERA!!! —Quizá lo dije en voz
demasiado alta porque Rhondella levantó la cabeza y
nos dirigió una de sus miradas arrogantes. ¡MIMADA!

Sara se rio.

—bueno, no creo que eso signifique que Rhondella
es una wookiee... Creo que en este caso se refería a
Kellen. ¡Deja que Kellen gane!

—¿que gane qué?

—bueno —repuso Sara—, ya sabes que la hoja de
la escuela siempre tiene una imagen de algún profesor dándole el certificado a algún alumno o algo por
haber ganado algún concurso. Bueno, ¿y si le dijéra-
mos a Kellen que ha ganado un concurso y que tú le
darás el certificado y yo os hago una foto a los
dos? Yo podría decir: «Acercaos, por favor... ¡más!
¡más!».

reconozco que casi me desmayo al oírla... ¡era un
plan tan GEEENNIIIIIAAAL!

Sara dijo que pensaría en la manera de hacer que
todo pareciera oficial... dijo que Kellen es bastante
fácil de engañar. en condiciones normales no me gusta que nadie diga algo malo de él, pero esta vez no
me importó porque de verdad deseaba que, por una
vez, Kellen fuera fácil de engañar.

mi trabajo era conseguir un certificado... ¡utilicé
un programa del ordenador de mamá e hice uno bueno de verdad! Decía que era del CCCM —el Club
Cómico de las Chicas de McQuarrie—, y que era un
premio para él por ser el mejor dibujante de viñe-
tas de la escuela... ¡LO CUAL ES CIERTO!

la verdad es que también hice otra cosa... en casa

tenía un pequeño trofeo que había ganado en el concurso de Halloween en la escuela elemental el año
pasado, ¡pero siempre lo había detestado porque era
de un chico en un pupitre con un enorme bolígrafo!
¿para qué quiero un trofeo de chico? ¿y quién escribe
con un bolígrafo enorme? ¡así que estaba contenta de
librarme de él!

cuando le conté a Sara lo del CCCM me dijo que
debíamos hacer que pareciera de verdad porque le
encantan los cómics, en especial ese que se titula
SUEÑOS DE ROBOT y creo que lo conseguiremos. Le
contamos nuestro plan a la señora Calhoun, en parte
porque ella quería hacer ese club y, puesto que es
la bibliotecaria, va a ser la patrocinadora de nuestro
club. ¡Y en parte porque la necesitábamos para engañar a Kellen!

nos dijo que cuando ella iba a la escuela era más
difícil conseguir fotos de chicos porque la mayoría de
los niños no tenían cámara y sus padres nunca les
hubieran permitido llevarlas a la escuela aunque la
tuvieran así que debían conseguir las fotos cuando
salían de excursión pero que en las excursiones los
chicos siempre corrían por todas partes como idiotas.

dijo que le gustaría poder ayudar y escribió una nota para que yo la llevara a la oficina de la señorita Rabbski para que la leyera durante los anuncios de la mañana.

así que en el aula la señorita Rabbski leyó el siguiente anuncio por la TV: «Felicidades a Kellen Campbell, ganador del Premio al Mejor Dibujante del CCMM por su trabajo sobre *La guerra de las galaxias*. Kellen, por favor, ve a la biblioteca después de la séptima hora para recibir el premio... También serán bienvenidas las chicas que quieran unirse al club de cómic CCMM».

es verdad que dijo mal el nombre de nuestro nuevo club pero el resto lo hizo bien. se presentaron cuatro chicas a parte de mí y de Sara... y Kellen también fue... y estaba en plan «¡ya verás cuando le enseñe este trofeo a Harvey!». (Si hubiera dicho «ya verás cuando se lo enseñe a Rhondella», le hubiera dado un puñetazo.) y entonces me puse para la foto. «Más cerca, más cerca, sonreíd», dijo Sara.

¡¡¡¡CLIC!!!!

¡¡¡¡¡y conseguí la foto!!!!!! ¡¡¡¡¡¡¡¡¡¡¡¡MUY MUY CERCA de Kellen!!!!!!!!!!!!!!!

CERTIFICADO

¡Felicidades, Kellen!

Ganador del premio al Mejor Dibujante de Cómic del CCCM.

Mi comentario: ¡Uau, no me lo puedo creer! Por fin Kellen le gusta a una chica… ¡y él ni siquiera lo sabe!

No le enseñé este capítulo a Kellen, y no voy a dejar que Harvey lo vea tampoco, ya que es incapaz de tener la boca cerrada.

Pero ya sé lo que diría Harvey: «¿Es que esa niña no sabe utilizar la tecla de las mayúsculas? ¿No ha oído hablar nunca de la coma? Ya vale de signos de exclamación».

DWIGHT SIN YODA ORIGAMI

POR SARA

¡Todavía casi no he visto a Dwight! ¡Ni siquiera sale al patio a hacer agujeros para sentarse dentro!

Pero sí vi a su madre otra vez y le pregunté cómo le iba a Dwight. Me dijo casi lo mismo que me había dicho la otra vez, que se estaba adaptando y que encajaba muy bien y todo eso que no parece referirse a Dwight en absoluto.

Me dijo:

—Supongo que ya sabes que tuvo muchos problemas en vuestra escuela. ¡Bueno, pues en Tippett no ha tenido ninguno! ¡En realidad, su nueva profesora me dice que es increíble lo bien que se comporta!

Y, entonces, dejó caer la bomba:

—¡Y está tan contento que ya ni se lleva su Yoda de origami a la escuela!

Era como: «¿QUÉ?».

—¡Eso está muy bien! Mira, en realidad eso no era más que un mecanismo de defensa. Como un cinturón de seguridad. Era una barrera entre él y el mundo real, ¡y ahora ya no lo necesita! Antes yo le suplicaba que no se lo llevara a la escuela, y ahora ni siquiera lo intenta.

Me di cuenta de que ella estaba muy contenta, así que fingí estar contenta también, ¡pero no creía que eso fuera bueno!

Comentario de Harvey

¡Creedme, es bueno! ¡Y debo decir otra vez que fue gracias a mí que Dwight consiguió la ayuda que necesitaba!

Mi comentario: ¡Bueno, yo creo que es al contrario! Como eso de que su profesor dice que se porta bien. ¿Desde cuándo Dwight sabe lo que significa «portarse bien»? No es que sea malo; es solo que no sabe que —por

¡¡GHAS!!

ejemplo— lanzar un lápiz con la punta hacia arriba para que se clave en el techo EN MITAD DE LA CLASE DE LENGUA no es portarse bien.

Todo esto no parecía propio de Dwight ¡EN ABSOLUTO!

Y el hecho de que no se llevara a Yoda Origami a la escuela me ponía los pelos de punta. Algo iba muy mal, y debía averiguar qué era. Debía conseguir hablar con alguien de su clase.

Para hacerlo, debería entrar en ese retorcido antro de villanía conocido como «el equipo de natación de mi hermano».

SI YODA ORIGAMI NO VA A LA ESCUELA, ¿QUÉ HACE DURANTE TODO EL DÍA?

STAR
LAS
GUERRAS
CLON
WARS

PALO-
MITAS

¡EL ATAQUE DE LOS CLONES!

POR TOMMY Y KENDYLL

Ya conocéis «el equipo de natación de mi hermano», ¿verdad? Bueno, pues si no lo conocéis, no voy a contároslo. Todos en mi familia están obsesionados hasta el más mínimo detalle con «el equipo de natación de mi hermano», y a mí no me importa ni una brillante caca de bantha.

Pero aquí lo importante es que un grupo de chicos de «el equipo de natación de mi hermano» va a Tippett. Y hace un tiempo mi hermano me dijo:

—Uno de los chicos del equipo, ya sabes, Kendyll, el de los cien metros de espalda,

¿POR QUÉ ES BRILLANTE?

dice que ese (piiiip) de amigo tuyo del Yoda
va a su clase ahora.

Yo nunca hablo con ninguno de «el equipo de
natación de mi hermano» —incluido mi hermano— pero esto era una especie de emergencia.
Así que en la siguiente reunión —sí, debo ir
a todas las reuniones para «apoyar a mi hermano»—, mientras esperábamos (se espera mucho rato en las reuniones de natación), le
pregunté a Kendyll por Dwight.

—¿Qué está haciendo Dwight? ¿Ya no lleva
a Yoda Origami a la escuela?

—¿Eh? No lo sé, sí, quizá. Creo que no lo
he vuelto a ver con Yoda desde que nos dio ese
consejo tan malo. —Entonces se puso muy tie-
so y empezó a decir—: ¡No es que me queje de
Dwight! ¡Dwight es un pequeñajo impresionante! ¡Es genial!

Y después de eso no conseguía que dijera
nada que no fuera lo «genial» que era Dwight.
Ni siquiera sabía decirme por qué Dwight era
«genial», pero quería que yo supiera que
Dwight era «genial» y que no se estaba «quejando de él».

Al final conseguí que me contara la histo-

ria, después de prometerle que yo también pensaba que Dwight era «genial» y que yo comprendía que él también creía que Dwight era «genial».

Esto es, básicamente, lo que dijo, pero sin los «esto...» y los «eh»:

¿EH?

Primero debes conocer a nuestra profesora la señorita Nelson.

Me han dicho que los profesores de McQuarrie son mucho menos tontos que los nuestros, así que vosotros, chicos, probablemente no tenéis a nadie como la señorita Nelson ahí. Parece simpática, pero en realidad tiene pequeñas reglas absurdas para cada cosa.

Por ejemplo: Todo debe ser una frase completa. Siempre.

Así que si tienes una pregunta en un test como la siguiente:

¿En qué año Colón descubrió América?

—¿1492?

¡PIIIIIIIIP! ¡Error!

La respuesta correcta es «Colón descubrió América en 1492».

¡UNA NUEVA TIERRA LLENA DE RIQUEZAS + MARAVILLAS!

LO SIENTO, ESO NO ES UNA FRASE COMPLETA.

VUELVE A INTENTARLO + DESDE EL PRINCIPIO.

¿Lo ves? ¡Es exactamente lo mismo! Pero la segunda es una «frase completa», lo cual es, aparentemente, la cosa más importante del mundo.

Y no se trata solo de los test y los exámenes. Igual que en estudios sociales, los deberes consisten normalmente en responder las preguntas que hay al final del capítulo. ¡HAY QUE RELLENAR LOS ESPACIOS EN BLANCO! Pero ¿podemos rellenar los espacios en blanco? ¡Oh, no, debemos escribir la frase entera otra vez con la palabra en su sitio!

Así que queda así:

> La nación pueblo era conocida por sus increíbles casas en las paredes de piedra, que se construían en los _____.

¡Y tú debes escribir todo eso otra vez solo para poner la palabra «acantilados»! Sí, ¿lo ves? ¡Es una descomunal pérdida de tiempo!

Así que un día nos estábamos quejando de ello y entonces Tyler recordó que Caroline le había dicho que Dwight resolvía problemas imposibles en McQuarrie dando consejos de Yoda. Eso fue, quizá, una semana

LO SENTIMOS, EL ASCENSOR NO FUNCIONA

CASAS DEL ACANTILADO

63

después de que llegara Dwight, y hasta ese momento Dwight no había hecho nada para que creyéramos que era sabio, pero yo estaba dispuesto a intentarlo.

Así que, a la hora de comer, le pregunté a Dwight si podía ayudarme. Pareció muy complacido y sacó su Yoda de origami, que debo decir que es excelente. Es increíble que sea capaz de hacer una cosa como esa siendo tan... esto... genial.

—Dwight, mira los deberes de esta noche —dije—. Deberemos copiar todas esas frases del libro y rellenar los espacios en blanco. Nelson nos hace escribir frases completas para todo.

—Odio las frases completas —dijo Dwight.

—Bueno, eh, esperábamos que Yoda pudiera ayudarnos a encontrar una manera de no tener que hacerlo.

Dwight levantó su Yoda en el aire y movió el dedo un poco mientras ponía esa extraña voz. No quiero que parezca que me estoy riendo de Dwight, porque yo nunca haría eso porque es un pequeñajo genial, pero si se suponía que eso era una imitación de Yoda, era realmente muy muy mala.

Bueno, lo que «Yoda» dijo fue:

—Frases enteras debéis escribir. Paciencia y disciplina debéis aprender.

Y fue como:

—¿Qué? Tío, creí que habías dicho que odiabas las frases completas.

—Y las odio —repuso Dwight.

—¡No tiene ningún sentido! —dije.

Y esa chica que no conoces, McCallie, dijo:

—Kendyll... No estás siendo muy amable con Dwight. Él es especial. ¡Yo creo que lo que ha dicho es genial!

—Ya, sí —dije yo—. Ha sido genial. ¡Gracias, colega!

Entonces Tyler levantó en el aire su propio Yoda de origami y dijo, imitando a Yoda perfectamente:

—Deprisa y mal debéis escribir. Quita puntos Nelson no.

Neil, ese otro chico, había doblado un trozo de papel para hacer un Yoda, lo levantó y dijo:

—Muchas abreviaturas podéis utilizar. Todo Nelson no lo lee, ¿eh?

¡Incluso McCallie lo hizo! (¡Y pone una voz de Yoda sorprendentemente parecida!)

—Delante del televisor frases yo escribo. Pensar no hay que.

Así que —y no quiero decir nada malo— el Yoda de Dwight nos dio el peor consejo, y los demás nos dieron consejos buenos. Así que no comprendo de qué manera Dwight pudo haber resuelto todos vuestros problemas en su anterior escuela.

Pero no pasa nada, ¡porque es verdaderamente genial!

Así que parecía que esa había sido la última vez que le habían pedido a Dwight consejo de Yoda Origami. Todos tenían su propio Yoda, y todos creían que eran más listos. Así que ahora Yoda Origami no está allí, y Dwight no dice gran cosa por su parte.

Le conté a Kendyll que en McQuarrie parecía que Yoda Origami utilizara «la fuerza», y el se puso en plan:

—Vaaaaaaaaale...

VAAAAALE

Uau, no me puedo creer que los profesores de otras escuelas también hagan eso de las frases completas. Yo creí que solo era el señor Howell. Él y la profesora de Kendyll deberían tener una APASIONADA CITA... ¡de escritura de frases completas!

¡OH, NENA!

¡ESO NO ES UNA FRASE COMPLETA, BOBO!

¡Sea como sea, me alegra saber que los chicos de Tippett no son tan inocentes como los de aquí! Quizá me cambie de escuela.

Mi comentario: ¡Por favor, hazlo! ¡Y envía a Dwight de vuelta aquí!

Creo que la mamá de Dwight estaba completamente equivocada sobre esa escuela. No me parece que Dwight se esté adaptando en absoluto. No dejó de llevar a Yoda Origami porque no lo necesitara; dejó de llevarlo porque los otros niños no lo necesitaban.

¿Y os habéis dado cuenta de que los chicos fingen ser simpáticos con él? Esa niña incluso lo llamó «especial». Creo que yo preferiría que me llamaran «raro» a «especial».

Fue mala suerte que le preguntaran a Yoda por lo de las frases. Obtuvieron una buena respuesta, es solo que no les gustó.

Quiero decir, por supuesto que Yoda diría que DE-BÍAN escribir las frases. Igual que dijo que Luke DEBÍA correr por el pantano y hacer la vertical y tomar caldo de raíces. Así es como se aprende la disciplina, la paciencia, y los trucos mentales de Jedi.

En realidad tiene mucho sentido. Me pregunto si yo me convertiría en mejor persona si hiciera todos mis deberes escribiendo frases completas. Quizá debería intentarlo. O quizá escribir todos estos capítulos del informe ya es suficiente.

Sea como sea, Kendyll y sus amigos no consiguieron aprender nada, así que ahí están, sentados delante del televisor, escribiendo torpes abreviaturas.

Ya sé lo que Yoda Origami diría de eso:

—Más rápido, más fácil es el Lado Oscuro.

Resultó que el siguiente consejo de Fortune Wookiee también iba de que no había ningún atajo para resolver un gran problema.

SI UN CAMINO RÁPIDO + FÁCIL ELIGES... EN UN AGENTE DEL MAL TE CONVERTIRÁS...

Y SUSPENDERÁS ESTUDIOS SOCIALES.

FORTUNE WOOKIEE Y EL PASTEL ROSA

POR QUAVONDO

Os acordáis de mi abuela, ¿verdad? Mi abuela es increíble, en muchos sentidos.

Pero tiene un problema con la comida. No es que sea mala cocinera; es capaz de hacer platos realmente deliciosos.

El problema es el pastel rosa.

El pastel rosa es un pastel de carne que ella hace. Nadie sabe por qué es tan rosa. Mi madre ha intentado espiar a mi abuela en la cocina para averiguar cuál es el ingrediente secreto, pero nunca lo ha descubierto.

Por lo menos, creemos que hay un ingrediente secreto. La alternativa sería que el pastel rosa fuera rosa porque no esté cocido.

Lo peor del pastel rosa es que se sirve frío.

Cada año por Acción de Gracias, después de toda la comida que ya hay en la mesa, la abuela saca la enorme bandeja del pastel rosa de la nevera y le quita cuidadosamente la envoltura de plástico.

—Aquí tienes, Q —me dijo el año pasado—. Ponlo en la mesa y no te lo comas hasta que hayamos rezado.

«¡No te preocupes! —pensé—. No pienso comerme ni un trozo hasta que haya rezado para que no me mate».

Uno de mis tíos le puso el nombre. Nos contó que cuando era joven había un grupo de rock que grabó un disco llamado *Music from Big Pink*, en referencia a la casa de color rosa que los músicos compartían, y que eso fue por la época en que mi abuela empezó a hacer el pastel de carne, así que lo bautizó «el pastel rosa».

—Deberías estar contento de una cosa, Q. —dijo mi tío—. Nosotros lo comíamos una vez a la semana. Tú solo debes comerlo en Acción de Gracias.

Yo no hubiera sido capaz de comerlo cada semana. Me hubiera muerto. Ya es bastante duro tener que comerlo una vez al año. Está muy frío, y es tan denso y gelatinoso. Y rosa. Dan ganas de vomitar. Una vez se me quedó

un trozo atascado en la garganta, pero por suerte conseguí tragarlo antes de que me matara.

¿Por qué tenemos pastel rosa en lugar de pavo? Se lo pregunté a la abuela una vez, con tanta amabilidad como me fue posible. Y me dijo:

—¡Pero, Q., si ES pavo!

Resultó que era pavo, como el que utilizan para hacer hamburguesas de pavo. Pero una hamburguesa de pavo, por lo menos, la puedes cubrir con queso y kétchup. Además, las hamburguesas de pavo se sirven calientes, y no son tan rosas.

Así es nuestra comida de Acción de Gracias: puré de patatas, salsa de carne, estofado y el pastel rosa. Los otros platos son buenos, pero cuando pruebas el pastel rosa se te pasa el apetito hasta Navidad.

—Nosotros sobrevivimos a él, y tú también sobrevivirás —dice mi madre en el coche cada año, mientras vamos a casa de los abuelos—. Te lo comerás SIN montar ningún escándalo.

No me gustaría montar ningún escándalo, porque no me gustaría herir los sentimientos de mi abuela. Ella es muy amable siempre, y sé que hace el pastel rosa porque quiere ser amable.

Pero tiene un aspecto —y un sabor— parecido al de la lengua de Jabba. Pero más rosa.

Sara dijo que Fortune Wookiee estaba aquí para ayudarnos en caso de emergencia y, francamente, considero que el pastel rosa es una emergencia. En serio que creo que puede ser una amenaza vital. Así que le pedí si podía consultar a Fortune Wookiee.

—¿Película favorita de *La guerra de las galaxias*?

—Episodio II.

—Uno-dos —contó Sara—. Di un personaje.

—Lengua de Jabba.

—Lo haré solo con Jabba. J-A-B-B-A.

Sara detuvo el dedo encima de una de las pequeñas solapas del interior de la boca de Chewie. La levantó y leyó lo que ponía debajo.

—Wuuurrrgh —dijo Fortune Wookiee.

Sara se puso a Han Doblo en la mano izquierda.

—Bien pensado, Chewie —dijo Han Doblo—. Dice que debes ser como Bom Vimdin.

—¿Y eso qué es? —pregunté.

—Bueno, no es eso, es un hombre —repuso Han—. Bueno, no es exactamente un hombre. Es un traficante que conocí. Uno bueno. Siempre iba por Mos Eisley.

—¿Un traficante? —pregunté—. ¿Se supone que debo entrar algo a escondidas en casa de mi abuela?

¡HOLA! SOY BOM... SALÍ EN UNA NUEVA ESPERANZA... PERO NADIE ME RECUERDA.

—No, niño, lo de Bom era que... él nunca comía carne. Vegetariano total. Dile a tu abuela que te has hecho vegetariano.

—¡No puedo mentirle a mi abuela! Además, mi madre sabría que estoy mintiendo.

—Entonces no mientas, niño. Diles la verdad.

Miré a Sara.

—Debo decirte, Sara, que no ha sido de gran ayuda. No le puedo decir la verdad del pastel rosa a mi abuela; ese es el tema, precisamente.

—No —dijo Sara—. No lo entiendes. HAZTE vegetariano, y podrás decirles la verdad.

—¿Qué?

—Mira, te quedan unas tres semanas hasta Acción de Gracias. Deja de comer carne ahora y tus padres no sospecharán nada. Continúa haciéndolo durante Acción de Gracias y estarás a salvo.

—Pero comer carne me gusta.

—Ya lo sé —repuso Sara—. Ya he visto la porquería que tragas en el comedor. Chuletas y hamburguesas con doble de queso y rollitos de *pepperoni*. ¡El otro día te comiste tres banderillas de carne empanada! ¿Tienes idea de la cantidad de nitrito que hay en esas cosas?

CHARCOS DE GRASA

BANDERILLA DE CARNE 1 BANDERILLA DE CARNE 2

BANDERILLA DE CARNE 3

—¿Nitrito?

—Jesús, ¿es que no prestas atención a lo que comes? Créeme, hacerte vegetariano es lo mejor que habrás hecho en la vida. Quizá incluso sobrevivas hasta el instituto.

—Lo único que me importa es sobrevivir a Acción de Gracias —respondí.

—De acuerdo, entonces debes empezar ahora —dijo ella—. Y otra cosa: deja los Cheetos también. Son para

CHEETOS

comer de vez en cuando.

Bueno, Sara estaba un poco odiosa con todo eso. Pero me di cuenta de que ella y Han y Chewie tenían razón.

A la hora de comer tomé mi último plato de carne

(¡DIFÍCILES DE DIBUJAR!)

—dos hamburguesas dobles— y cuando llegué a casa esa noche le dije a mi madre que había decidido hacerme vegetariano. Se montó un poco de escándalo al respecto, y acabé comiendo un montón de arroz y de pan durante las tres semanas siguientes. Tuve que hacerlo también en la escuela para que mi hermana no me pillara comiendo carne. Pero el arroz y el pan son mucho mejores que el pastel rosa.

Cuando llegó Acción de Gracias, mi familia ya se había acostumbrado a que yo fuera vegetariano. Mi madre, incluso, se lo dijo a mi abuela por teléfono antes de que fué-

ramos a comer. No sé qué dijo mi abuela —probablemente soltó alguna palabrota, conociéndola—, pero mamá
dijo:

—Seguramente solo es una fase. Lo dejará pronto.

¡Sí, ya puedes ir apostando a que lo dejaré pronto! El
día DESPUÉS de Acción de Gracias.

Así que lo único que hice fue mirar a mi abuelo mientras cortaba trozos de pastel para todo el mundo menos
para mí. No pude comer la salsa de carne, que está hecha
con caldo de pollo o algo así, pero fue solo un pequeño
precio que tuve que pagar.

Miraba a mi tío, que estaba intentando tragarse un
enorme trozo de pastel rosa, y él me miró a mí. Creo que
supo lo que yo estaba haciendo, pero no me dijo nada. Creo
que quizá él también se hará vegetariano el año que viene.

Al final de la comida, pude mirar a mi abuela a los
ojos y darle las gracias por haber hecho una comida tan
deliciosa.

—Oh, pobre Q., que te has perdido el pastel de carne.
Y supongo que tampoco podrás comer mi *mousse* de jamón por Navidad.

Me había olvidado de la *mousse* de jamón. Era como
una gelatina, pero de cerdo.

Parece que voy a continuar siendo vegetariano, por lo menos hasta después de Navidad.

Comentario de Harvey

¿**Bom Vimdin?** No me queda más remedio que reconocerlo: Dwight sabé más de *La guerra de las galaxias* de lo que creía.

¡Y su consejo fue genial! No me importa lo que Quavondo come en casa de su abuela, pero, desde luego, es fantástico no tener que verlo más en plan carnívoro a la hora de comer.

Mi comentario: ¡Por una vez, Harvey y yo estamos de acuerdo! Ese consejo de Fortune Wookiee fue genial. Muy parecido a los antiguos consejos de Yoda Origami. Si continúa así, deberemos pensar en serio cómo es posible que Dwight haya creado un adivino que funcione de verdad aunque no sea Dwight quien lo maneje. Parece mucho, incluso para «la fuerza»...

EL MARCO
DE YODA ORIGAMI

POR TOMMY

El día después de Acción de Gracias, decidí ir a ver a Dwight. Sabía que ninguno de los dos iba a la escuela, y pensé que quizá tendría la oportunidad de hablar con él y averiguar qué estaba sucediendo. Quizá incluso tuviera la oportunidad de hablar con Yoda Origami.

Hacía muchísimo frío fuera, y tenía que ir en bicicleta, lo cual es terrible porque las partes que están debajo de la ropa sudan mientras que las manos y la cara se te congelan y los pulmones se notan raros.

¿CREES QUE TÚ TIENES LOS PULMONES RAROS?

TOS TOS TOS

La última vez que fui en bicicleta a casa de Dwight solo hacía un poco de frío. Eso fue hace unas tres semanas, después de todo lo de Darth Paper. Resultaba difícil de creer lo mucho que habían cambiado las cosas desde entonces.

Tuve que esperar una eternidad para cruzar la Ruta 24. Había un montón de tráfico. Todo el mundo iba al centro, a realizar las compras del viernes negro, como mis padres.

Por fin llegué a Cascade Drive y pasé por delante de la casa de Sara. No había nadie dentro. Seguramente también habían ido de compras.

La casa de Dwight estaba al lado, y el coche de su madre no estaba. Pulsé el timbre y llamé a la puerta, pero nadie respondía.

No tengo por costumbre fisgonear por las ventanas, pero puesto que había recorrido todo ese camino, miré por una de las que se encontraban al lado de la puerta.

¡Dwight estaba justo ahí!

—Dwight, soy yo, Tommy. ¡Abre la puerta!

Dwight hizo que no con la cabeza.

—¿Qué? ¡Colega, déjame entrar!

Dwight se dirigió hacia la puerta y lo perdí de vista.

Entonces se abrió la puerta del perro y solo se veía la mano de Dwight que sobresalía.

—No me dejan abrir la puerta —dijo.

—¿Por qué no?

—Mamá no está en casa. Ahora tiene un trabajo extra.

¿Un trabajo extra? Me había preguntado cómo era que la mamá de Dwight podía permitirse el mandarlo a la Academia Tippett. Había oído decir que era muy cara.

—Bueno, ¿puedes, por lo menos, abrir una ventana para que podamos hablar?

—No, están cerradas con clavos.

—¿Cerradas con clavos?

—Para que yo no caiga.

Estaba a punto de preguntarle cómo podía él caerse por una ventana, pero entonces se me ocurrió que me congelaría antes de averiguarlo, puesto que se me estaban haciendo estalactitas de sudor debajo de la camisa.

RAYOS X DE AXILA

—¿Hay alguna regla que me impida entrar por la puerta del perro?

—Bueno, se supone que no debo dejar entrar a nadie.

—¡No me estás dejando entrar, soy yo que entro por mi propia voluntad!

Me quité la chaqueta y la tiré dentro de la casa. Luego me metí por la pequeña puerta. Por suerte, era una puerta para un perro bastante grande.

—¿Tienes perro? —le pregunté a Dwight.

—Ya no —repuso—. Mi papá se lo llevó.

—Oh. —Nunca había oído hablar a Dwight de su padre. Ni siquiera sabía que tenía uno. Bueno, sí sabía que tenía padre. Da igual...

—Bueno... ¿cómo estás? —pregunté.

—Bien.

Larga pausa.

—¿Tienes algún origami guay para enseñarme?

—La verdad es que no.

Larga pausa.

—Gracias por mandarnos a Fortune Wookiee. Estoy llevando un archivo sobre su caso. ¿Quieres leerlo?

—No sé a qué te refieres.

—¡Un archivo del caso, tío! ¡Como los que

hice sobre Yoda Origami y Darth Paper! ¡Estoy haciendo uno sobre Fortune Wookiee!

—Ah, de acuerdo.

¡Bueno, estaba claro que esa conversación no iba a ninguna parte! Pero siempre ha sido difícil hablar con Dwight. Yoda Origami es con quien se habla mejor, normalmente.

—¿Puedo ver a Yoda Origami?

—Supongo que sí.

Fuimos a su habitación. Continuaba siendo la habitación más aburrida del mundo, pero ahora era incluso más aburrida porque no había montones de origami. Parecía una habitación de catálogo o algo parecido. De un catálogo aburrido.

Pero sí había una cosa nueva. En la pared —al lado de esa absurda ancla de plástico que seguramente estaba ahí colgada desde que Dwight tenía dos años— había un marco de cuadro.

Y ahí, debajo del cristal, estaba Yoda Origami.

Era espeluznante. ¡Toda la habitación era espeluznante!

Ningún ser humano era capaz de tener la habitación tan ordenada. Solo una madre podía haber quitado todo de en medio, incluido a Yoda Origami!

Lo único que no había sido quitado de en medio era un libro, y no era uno de los habituales libros de ciencia ficción de Dwight, sino un libro escolar de historia.

¡Y Dwight empezó a leerlo! Se puso a hacerlo mientras yo estaba ahí, de pie.

—Eh, Dwight, tenemos que hablar —dije.

No me molestaré en escribir la conversación completa, porque fue aburrida.

Las conversaciones con Dwight nunca eran aburridas. Raras, quizá. Irritantes, a veces. Divertidas, muchas veces. ¡Pero nunca aburridas!

Le pregunté a Dwight si tenía problemas en su nueva escuela.

No.

¿Le gustaban los niños nuevos?

Sí.

¿Eran simpáticos?

Sí.

¿Y los profesores?

Sí.

¿Tenía algún problema?

No.

¿Continuaba haciendo origami?

No. Dijo que su madre quería que se concentrara en los deberes.

¿Estaba sacando buenas notas?

Todo sobresalientes, de momento.

¿Así que ningún problema?

No.

¿Pensaba regresar a McQuarrie cuando finalizara el período de expulsión, o se quedaría en Tippett?

Me quedo.

¿Qué? ¿Por qué?

Entonces, por fin dijo algo.

—Está bien no meterse en líos y que no se rían de mí y no pelearme con Harvey o con alguien todo el tiempo. La vida es mucho más fácil así.

Comparada con alguna de las extravagantes conversaciones que había tenido con Dwight en el pasado —como cuando solo decía «púrpura» o hablaba del poder de ardilla o explicaba lo que no iba bien con su ombligo—, esta era como si hablara con una persona normal. Pero, como ya he dicho, también fue aburrida, excepto la última parte, que fue un poco triste.

Así que me daba cuenta de que Dwight estaba totalmente distinto, pero no tenía ni idea de qué hacer al respecto. Y no estaba seguro de si DEBÍA hacer algo al respecto, ya que el mismo Dwight decía que las cosas estaban mucho mejor de esa manera. A mí no me lo parecía, pero ¿por qué debería meterme en ello?

Por supuesto, ya sabía qué debía hacer cuando me encontraba ante una decisión difícil como esa.

—Dwight, ¿puedo pedirle consejo a Yoda Origami sobre todo esto?

—Eh, es muy difícil sacarlo del marco —dijo Dwight.

—¿Y qué hace metido en ese marco? ¿Por qué no te lo llevas a la escuela?

—No lo necesito en la escuela —contestó—. Las cosas en Tippett son más fáciles.

Y eso fue todo lo que pude sacarle. No parecía interesado en nada de lo que yo le decía acerca de McQuarrie. ¡Y ni siquiera quería hablar de *La guerra de las galaxias!* Así que me puse el abrigo y abrí la puerta para no tener que salir a cuatro patas.

—¡Adiós, Dwight! —dije, levantando la voz.

Dwight cerró la puerta cuando hube salido.

Comentario de Harvey

Como siempre, yo tengo la culpa.

Mi comentario: En realidad, he empezado a pensar que quizá tengas razón sobre la nueva escuela, Harvey. Quizá sea lo que Dwight necesita. Quizá esa escuela le esté enseñando a aprender cómo no ser el niño más raro de toda la escuela. Quizá haya aprendido a controlar sus rarezas para poder adaptarse, y parece que lo está consiguiendo. Quizá lo hayan arreglado.

CAROLINE

NORMALIDAD

POR TOMMY Y CAROLINE

Al día siguiente recibí un correo electrónico de Caroline. Caroline es esa chica que tanto le gusta a Dwight, casi como a uno le gusta una novia. ¡Lo más delirante es que a ella también le gusta él! Siempre sospeché que Dwight hizo que lo mandaran a Tippett porque Caroline estaba allí.

Bueno, sea como sea, Caroline había escrito:

Tommy:

Dwight tuvo un gran lío con su mamá por haberte dejado entrar ayer. No lo deja venir a Wendy's esta noche y por tanto no podemos encontrarnos en nuestra no-cita semanal.

Pero me alegro de que fueras a verlo. Estoy preocupa-dísima por él.

Es muy frustrante, porque no lo veo mucho. Aquí los cursos están mucho más separados que en McQuarrie. Hay algunos días que no lo veo en absoluto, y eso es un rollo.

Pero lo que veo cuando lo veo todavía es peor, porque Dwight es cada vez menos Dwight. Ahora es... bueno, como aburrido. Nunca lleva origamis nuevos a la escuela ni hace chistes locos ni nada de eso. Ni siquiera dice «púrpura».

La última vez que fue a Wendy's, ¿adivinas qué comió? ¡UNA ENSALADA! ¡Dwight Tharp pidió una ensalada! Y eso que los platos para niños tenían figuras de Scooby. ¿Dwight eligiendo una ensalada en lugar de una figurita de Scooby? ¡Ese no es Dwight!

¿Tú qué piensas? ¿También te parece que fue una ac-tuación extraña? Y cuando digo «extraña» quiero decir «normal», lo cual es extraño en Dwight... y aburrido para mí.

Caroline.

¿ENSALADA
—O—
VELMA CON
RUEDAS?

Así que le contesté y le dije que yo tam-bién estaba preocupado. Pero también le dije que Dwight parecía feliz o que, por lo menos, no parecía triste.

Estos son los correos electrónicos:

Sí, se comportaba como normal. Quizá el que lo echaran de la escuela hizo que se diera cuenta de lo raro que era, y ahora, finalmente, ha encontrado la manera de ser normal. Eso es bueno, ¿no?
Tommy

¿Que la persona más interesante que conozco se convierta de repente en la persona más aburrida que conozco? No, no es bueno.

Quizá él diga que es feliz, pero no creo que DE VERDAD lo sea. Si supieras cómo es esta escuela, creo que estarías de acuerdo conmigo.

Caroline

Bueno, supongo que no tengo ni idea de cómo es... así que, ¿por qué no ESCRIBES un capítulo para el archivo del caso y explicas cómo es esta escuela? Quizá eso nos ayude a averiguar qué hacer para ayudar a Dwight, si es que de verdad necesita ayuda.
Tommy

¡SÍ, escribiré un capítulo y SÍ, él necesita ayuda de verdad y SÍ, te lo demostraré! Y espero de verdad que podamos encontrar la manera de ayudarlo...

Caroline

Comentario de Harvey

Voy a decirlo claro: Dwight ya no se está metiendo en líos y ya no se comporta como un idiota de forma diaria. ¿Y vosotros dos queréis ayudarlo a que vuelva a meterse en líos y a que vuelva a comportarse como un idiota?

Mi comentario: Bueno, sí, estoy más o menos de acuerdo contigo. Si Tippett ha «arreglado» a Dwight, entonces no veo por qué deberíamos meternos. Si él quiere ser normal, entonces quizá deberíamos dejar que lo sea.

Mientras, en McQuarrie, tenemos un montón de problemas. La siguiente historia muestra que, quizá y después de todo, Fortune Wookiee no tenga poder suficiente para salvarnos del desastre...

DWIGHT   ¡NO DWIGHT!

FORTUNE WOOKIEE Y EL PILOTAJE DEL RUG-BONI MILENARIO

POR MURKY

ANTES DE HACERLO: Fue en el centro comercial Valley View, con Lance + Ben + por desgracia mi «magistral» hermana Karina, también.

yo nunca había ido por ahí antes pero hay un par de máquinas expendedoras y cuando pasamos por delante de ellas vimos una cosa que no nos podíamos creer...

¡¡¡¡¡¡¡¡era el Rug-Boni!!!!!!!! ¡Dodo!

—¡¡¡dodo!!! —grité.

por si no sabéis qué es un Rug-Boni, ¿sabéis lo que es un ZAMboni? un Zamboni es esa

cosa que pasa por encima del hielo en el
hockey para hacer que el hielo esté más he-
lado o algo así. Ben me lo contó. él siempre
ve el *hockey* por televisión, y veía mucho el
equipo de *hockey* Roanoke antes de que dejara de jugar

bueno, un Rug-Boni es como un zamboni
¡pero para alfombras en lugar de hielo!

¡¡¡es como una aspiradora que puedes conducir!!!

¡sé que se llama Rug-Boni solo porque
pone RUG-BONI justo en uno de los laterales!
¡Haz un dibujo, Kellen!

vi a un tipo que lo conducía para aspirar
esas alfombras superlargas que van por todo
el suelo del centro comercial, pero creo que
lo guardaron en algún sitio cuando terminó.
pero no, estaba parado justo ahí, enchufado
a una de las paredes. debe de tener una ba-
tería recargable o algo así.

Yo: ¡¡¡¡dinosaurios de goma!!! ¡podríamos
dar una vuelta en esa cosa!

Lance: ¡¡hazlo!!

Ben: ¡sí! ¡ sería gordo!

Karina: ¡sí! ¡hazlo!

al oír a Karina decir «sí», me di cuenta de que ella quería que lo hiciera para poder decírselo a mamá y que me metiera en un lío por millonésima vez

nuestros padres son 100 por cien serios sobre cumplir las reglas + creerían que conducir un Rug-Boni era un grave delito

Yo: ¿alguno de vosotros quiere hacerlo?

Ben: no, gracias

Lance: ooh quiero hacerlo tío pero no quiero que me trinquen

Yo: ¿quién te va a trincar? no tienes a una plasta de hermana mirando todo lo que haces

Lance: ya, pero Randy quizá sí

Randy es uno de los guardias del centro comercial. siempre se para a charlar con los niños:

—Eh, chicos, ¿hay algún adulto con vosotros hoy? Ya sabéis que no está permitido que los niños vayan solos por aquí sin un adulto después de las siete de la tarde, ¿verdad?

—¡SÍ RANDY LO SABEMOS PERO SOLO SON LAS 5:30 IDIOTA! —es lo que no le contestamos.

bueno, nadie quería montar en el Rug-Boni

yo no dije nada más pero... sabía que debía hacerlo

¡y sabía que PODÍA hacerlo porque se me ocurrió una manera de hacerlo sin que me trincaran ni Randy ni nadie!

por suerte Jabba uno de los amigos de Karina vino y se fueron al Hot Topic juntos y yo + Lance + Ben nos fuimos a buscar comida china que es mejor en el centro comercial que en el bufé chino pero en el centro es magistralmente caro

Ben quería ir con Karina porque su amigo le cae bien pero lo llamamos nenaza y vino con nosotros al Mongolian Express

¡UAU! ¡TENGO MIEDO!

BEN = NENAZA

¿MEGAN? ¿O MEGHAN?

93

Yo: Lance deja de saludar a la figura del gato

Lance: ¡pero si es él que me saluda a mí! —a veces Lance puede dar un poco de vergüenza

después de hacer cola y de sentarnos anuncié la noticia

Yo: voy a montar en el Rug-Boni.

Lance: ¡gordo!

Ben: ¿ahora mismo?

yo: no ahora mismo no. voy a pensarlo un poco. voy a hacerlo bien. esta es una misión totalmente furtiva así que voy a estudiar los pasos y a pensar en cómo hacerlo sin que me pillen y luego vendré aquí y lo haré solo

Lance: ¿sin nosotros?

Yo: eso es lo que significa «solo»

Ben: ¿y cómo sabremos que lo has hecho?

Yo: ¿es que no me vais a creer?

Ben + Lance: ¡NO!

Ben: sería como esa vez que dijiste que habías subido al tejado de la escuela

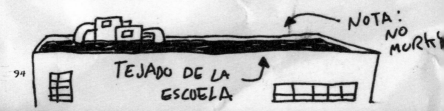

CHUNGO

¡Magistral!

Yo: ¡lo hice!

Lance: ajá, el único problema es que...

eso continuó así un buen rato porque no querían creerse que subí al tejado de la escuela. bueno, no fue exactamente ENCIMA del tejado, ¡¡¡¡¡pero eso está totalmente fuera de lugar!!!!!!!

Yo: ¡¡¡¡¡¡¡¡¡¡¡de acuerdo!!!!!!!!!!!!!! lo filmaré con el móvil. ¿así me creeréis?

Ben: lo creeré cuando lo vea

Lance: no creo que debas hacerlo. Randy te pillará

Yo: no, no lo hará

Lance: sí lo hará o alguno de los otros

Yo: te estoy diciendo que no lo harán

Lance: tío ojalá Yoda Origami estuviera aquí para convencerte. quizá podrías consultar a Fortune Wookiee, de Sara, antes de hacerlo

Yo: ¡en realidad, es una buena idea! Chew-

¡TE TRINCARÁN!

bacca sabe pilotar cualquier cosa... ¡¡incluso un Rug-Boni!!

así que el día siguiente en la escuela fui a la biblioteca y encontré a Sara + todo el mundo y le pedí si podía consultar a Fortune Wookiee e hicimos todo eso de cuaá es tu película favorita y ella lo abrió de un lado y de otro y al final levantó una solapa de papel en la que ponía «Wwwwrhhh-wwwwwhhhhh».

Yo: ¿qué significa eso?

Sara hablando a través de la marioneta de Han Solo: ha dicho «solo un gran piloto puede conducir un Rug-Boni».

Harvey: ¿en serio? no sabía que los wookiees tenían una palabra para Rug-Boni. ¿«Wwwwrhhhwwwwwhhhhh» significa Rug-Boni en el país de los wookiees? procuraré no olvidarlo.

(¡¡¡¡ese chico es tan pesado!!!! ¿¿¿¿cómo pueden soportarlo????) A: ¡¡NO PODEMOS.

Yo: no te preocupes es como conducir una podadora de césped y yo hice funcionar una el año pasado

Sara/Han Doblo: pilotar un Rug-Boni no es como segar campos, niños

Harvey: ¡es «fumigar» campos, no «segar» campos!

Tommy: ¡¡sí lo sabemos!! ¡es un chiste, tío! Sara ha cambiado la palabra para hacer un chiste

Harvey: ¡así que por fin admitís que solo es un chiste! empezaba a pensar que de verdad era «la fuerza» pero si dices que solo es un chiste...

(¡nos fuimos! ¡¡¡no soporto oír a ese chico + es chungo!!!)

Yo: ¿satisfecho, Lance?

Lance: no, sigo queriendo que Yoda Origami esté aquí porque creo que él insistiría en evitar que lo hicieras

DESPUÉS DE HACERLO:

Yo: ¡¡¡¡¡¡¡WAAAAHHHHHH!!!!!!!!

ojalá Yoda Origami hubiera estado aquí para evitar que lo hiciera

¡¡¡¡¡¡¡DESASTRE TOTAL!!!!!!!!

97

al principio todo iba bien

conseguí que mamá me dejara en el centro
comercial el lunes por la tarde. normalmente
nadie va allí los lunes así que estaba va-
cío. no se veía a casi nadie por los pasillos y a nadie en absoluto en el lugar donde
aparcan el Rug-Boni. ¡justo lo que quería!

pero tenía intención de ir con cuidado así
que no corrí hasta él para montarme ensegui-
da. me senté en un banco de la parte central
del centro y esperé... Randi + otro guardia
pasaron por ahí y salieron hacia los bares

pensé que me quedaba mucho tiempo hasta
que volvieran otra vez siempre y cuando lo
hiciera deprisa así que pasé por delante de
la basura y coloqué el móvil encima luego
comprobé la pantalla y se veía una buena pa-
norámica del pasillo hasta las máquinas expendedoras así que lo había conseguido

caminé superdeprisa hasta el Rug-Boni y
lo desenchufé y me subí. era más grande que
un cortacésped en realidad

accioné el botón de encendido y el aspirador se puso en marcha. sonaba fuerte pero

no demasiado. tenía que ser así para no molestar a los clientes

los mandos parecían sencillos pero no eran como los de las máquinas cortacésped

apreté un botón y empezó a avanzar y no era tan dodo como yo había esperado. era DE VERDAD como si estuviera conduciendo un cortacésped pero más lento. me hubiera bajado si no hubiera tenido que salir hasta el pasillo para que el móvil lo filmara así que continué y cuando me acercaba a las máquinas expendedoras giré a la derecha para ponerme en mitad del pasillo y dibujar un gran círculo para que quedara filmado

¡¡¡¡¡¡¡¡¡¡¡¡PERO NO SALIÓ BIEN !!!!!!!!!!!!!

¡¡¡¡al girar el volante hacia la derecha el Rug-Boni no giró como gira un cortacésped!!!! en lugar de girar las ruedas delanteras fueron las ruedas traseras las que giraron. así que fui hacia la izquierda y ¡¡¡CRACK!!! ¡¡¡¡¡¡¡choqué justo contra la máquina de Coca-Cola!!!!!!!!

el panel de plástico luminoso de la parte delantera de la máquina se rompió y las luces de debajo se apagaron...

¡salí disparado! crucé la salida y salí al lugar de neumáticos y había algunos mecánicos por allí pero ninguno de ellos me vio así que continué caminando a toda marcha para dar la vuelta al centro comercial por fuera. hacía frío pero no pensaba entrar sino que iba a esperar fuera en JCPenney a que mi madre pasara a buscarme

estaba un poco asustado pero no veía ningún motivo por el que tuviera que tener algún problema así que solo necesitaba tranquilizarme antes de que llegara mamá...

¡¡¡¡¡¡y entonces me acordé del móvil!!!!!!

¡¡¡¡¡¡¡¡¡MAGISTRAL, PETE!!!!!!!!!!

Resto de la historia: Randy encontró mi móvil primero y mostró a mis padres la filmación de mi choque con el Rug-Boni

¡¡¡¡¡¡¡¡UN MONSTRUOSO Y MASIVO LÍO!!!!!!!!

1) 250 $ para arreglar la máquina de Coca-Cola
2) no me dejan ir más al centro comercial
3) aunque no podría ir de todas formas porque estoy castigado durante todo el año —¡el año escolar!— y como vivimos en medio de la nada estar castigado significa no tener nada que hacer nunca
4) MI VIDA = ¡¡¡¡¡¡¡¡¡NO DODO!!!!!!!!!!!

Comentario de Harvey

Es lo más tonto que he leído en toda mi vida, y ni siquiera me refiero a todos los «magistrales» y a la ausencia de mayúsculas y la falta de puntuación.

Me refiero a que alguien quiera conducir un aspirador. ¿Eh? ¿Por qué?

Pero esto demuestra una cosa. Demuestra que la clarividencia de Fortune Wookiee es mala.

Si DE VERDAD hubiera visto el futuro de Murky, le habría dicho: «¡cuidado con la máquina de Coca-Cola, idiota!».

En realidad creo que sé por qué Fortune Wookiee no lo advirtió con mayor insistencia. Porque robar un Rug-Boni es exactamente el tipo de cosa que Dwight podría hacer.

Y, ¿podría alguien, por favor, hacer un diccionario Murky-español para que podamos entender de qué habla?

Mi comentario: Bueno, ¡yo también me imagino a Dwight conduciendo el Rug-Boni!

Pero no creo que sea justo culpar a Dwight/Fortune Wookiee por no insistir en la advertencia. Ya ERA una advertencia clara, pero Murky no hizo caso.

En cuanto al diccionario Murky-español... ¡gran idea!

DICCIONARIO MURKY-ESPAÑOL

POR TOMMY, KELLEN, LANCE Y MURKY

gordo: genial

gelatina: genial como la gelatina

masivo: muy

monstruoso: muy muy

chungo: conversación ofensiva, aburrida o, simplemente, mediocre

magistral: nada genial

¡magistral Pete!: lo que se dice cuando algo no es genial

¡dinosaurios de goma!: lo que se dice cuando algo es genial

dodo (adjetivo): genial

dodo (nombre): manera de llamar a una persona genial en lugar de «tío».

dodoísmo: actitud de genialidad

boom total: genial en todos los sentidos

Comentario de Harvey

¿Así que, básicamente, Harvey está todo el tiempo diciendo «genial»? Dios santo...

Mi comentario: NO, no está diciendo todo el tiempo «genial», ¡esa es la cuestión! Es irritante que la gente no pare de decir «genial» todo el rato. Además, son capaces de decir «genial» ante un pastel, y luego ven un meteoro chocar contra la luna y dicen: «genial». Esa palabra ya no tiene sentido. (Y eso es irritante).

Murky está creando un lenguaje nuevo para comunicar los diferentes grados de genialidad.

ES MEJOR DAR QUE RECIBIR

POR KELLEN

Yo:	Sara, necesito de verdad, de verdad, hacerle una pregunta a Fortune Wookiee.
Sara:	Fantástico. Fortune Wookiee está preparado para oír tu importante pregunta.
Yo:	¿Qué me van a regalar por Navidad?
Sara:	¡ARGGH! ¡Olvídalo!
Yo:	No, en serio, necesito saberlo. Mira, es que quiero comprarme un juego de la PlayStation, pero creo que me van a regalar una nueva Xbox en Navidad. Y, si es así, no necesitaré el juego de la PlayStation, así que...

Sara:	Mira, Greedo, ¿por qué no utilizas ese dinero para hacerle un regalo a alguien, para variar?
Yo:	¿Es ese el consejo de Chewie?
Sara:	No, es el consejo que te daría cualquiera. ¡Cualquiera —incluso Jabba el Hutt— te diría que dejes de pensar en ti durante diez minutos y que compres algo para otra persona!
Yo:	Vale, vale.
Sara:	Es mejor dar que recibir. ¿No lo has oído nunca?
Yo:	¡He dicho que vale!

Comentario de Harvey

→ Sí, Tommy tiene una novia muy simpática. ¡Es tan dulce y cariñosa!

Mi comentario: ¡No es culpa suya que Kellen sea un cerdo avaricioso! Y debes admitir que llamarlo Greedo ha sido gracioso.

106

FORTUNE WOOKIEE Y EL SOLDADO DEL MOCO

POR TOMMY

Lo que me sucedió con Fortune Wookiee es todavía más extraño de todo lo que sucedió con Yoda Origami.

Fue extraño porque Yoda Origami siempre me ayudaba a ganar. Pero esta vez con Fortune Wookiee yo ya había ganado, y él me hizo perder. Muy extraño.

La cosa fue que yo no pensaba en preguntarle nada a Fortune Wookiee. Quiero decir que las cosas me iban muy bien. Sara y yo estábamos juntos siempre que podíamos, y eso era genial.

Y entonces, una mañana que estábamos en la

biblioteca, Sara me dijo que ya era hora de que le preguntara a Fortune Wookiee.

—Pero ¿qué dices? —exclamé—. Si ni siquiera tengo una pregunta.

—Eso no importa, porque Fortune Wookiee me ha dicho que tiene una respuesta.

—¿Te dice cosas?

—Bueno, fue Han Doblo quien me lo dijo. Da igual: ¿cuál es tu película favorita de *La guerra de las galaxias*?

E hicimos todos los movimientos de siempre, pero esta vez dije R2-D2, porque es mi personaje favorito (sin contar, quizá, a Yoda).

¡PII P!

Sara se detuvo en el triángulo adecuado y leyó lo que decía Fortune Wookiee:

—MRRRGH.

Entonces Han Doblo dijo:

—¿Que se disculpe? ¿Por qué debe disculparse?

Y Fortune Wookiee respondió:

—¡MRRRRRRRGH!

—¡Oh, venga! —dijo Han Doblo—. Harvey se lo merecía.

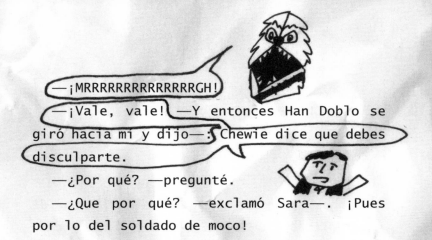

—¡MRRRRRRRRRRRRRRGH!

—¡Vale, vale! —Y entonces Han Doblo se giró hacia mí y dijo—: Chewie dice que debes disculparte.

—¿Por qué? —pregunté.

—¿Que por qué? —exclamó Sara—. ¡Pues por lo del soldado de moco!

Lo del soldado de moco había sucedido el día anterior, cuando el señor Limpio Alegre vino a dar su charla sobre salud e higiene. No paró de decirnos que no debíamos estornudar en la mano cuando estábamos resfriados.

—¡Los gérmenes no traen nada bueno!

Entonces, con su marioneta el mono Jabonoso, hizo una demostración de cómo utilizar un pañuelo de papel.

Bueno, lo cómico del caso es que mientras estábamos mirando todo eso, ¡a mí me entraron ganas de sonarme la nariz de verdad!

Mis primos los gemelos me habían contagiado un resfriado el día de Acción de Gracias, ¡y ya hacía dos semanas que duraba! ¡Eso es lo que sucede cuando no te queda más remedio

¡MOOOOC!

¡PUAJ!

que sentarte al lado de una pareja de niños de cuatro años! No saben estornudar en la manga, así que estornudan sobre el pavo o sobre lo que tengan delante en ese momento. (¡¡El idiota de mi hermano, que solo tiene tres años más, consigue sentarse a la mesa de los adultos!!)

Bueno, pues se me estaban cayendo los mocos de la nariz, y como estábamos reunidos en el gimnasio, no había pañuelos por ninguna parte —excepto el que estaban utilizando el señor Limpio Alegre y su mono Jabonoso—.

Intenté sorberlos por la nariz, pero ya no fue posible. ¡Y empezó a preocuparme la posibilidad de que los demás vieran que me colgaba un moco de la nariz! Estuve a punto de preguntarle al señor Limpio Alegre si podía pedir prestado el pañuelo de papel de Jabonoso, pero entonces me di cuenta de que Harvey llevaba un buen rato muy muy callado, haciendo figuras de origami en lugar de estar prestando atención.

—Eh, ¿puedo verlo? —susurré.

Harvey me mostró lo que estaba haciendo. Era un soldado de nieve bastante bien hecho pero, desde luego, no pensaba decírselo.

Así que lo observé y... bueno, digamos solamente que dejé de necesitar un pañuelo de papel.

Kellen lo vio todo y dejó escapar una carcajada.

Le devolví el soldado de nieve a Harvey. ¡La expresión de su cara era genial! ¡Era fantástico poder, por fin, marcarle un tanto a Harvey!

Pero entonces se puso histérico. Debería haber imaginado que se pondría así, pero no me di cuenta de ello hasta que se puso a gritar y TODOS, la escuela entera, nos miró. El señor Limpio Alegre y el mono Jabonoso dejaron de cantar «Feliz mucosidad» y todos los profesores del gimnasio intentaban llegar hasta nosotros.

Y, ¡adivinad quién llegó primero! Pues nuestro desagradable profesor de sexto, el señor Howell.

—¡FUERA! ¡Los tres! —bramó.

Harvey no dejaba de gritar mientras Howell nos sacaba a rastras del gimnasio. Y entonces

111

fue ÉL quien se puso a gritarnos antes de que cruzáramos la puerta. Durante todo ese rato Kellen decía:

—¡Yo no he hecho nada!

Pero Howell gritaba con más fuerza que él.

—¡Veo que en mis clases no habéis aprendido a no comportaros como animales! ¡Pero esto lo supera a todo! ¿Qué se supone que estabais haciendo?

—¡Tommy se ha sonado la nariz con mi soldado de nieve!

—Una corrección —susurró Kellen—: «soldado de moco».

—SILENCIO —susurré yo.

Si Kellen me hacía reír, Howell volvería a explotar de rabia.

—Bueno, este es el tipo de mal comportamiento que ya esperaba de ti, Tommy. Pero Harvey, tú no deberías haber estado haciendo origami durante la reunión, ni en ningún otro lugar excepto la biblioteca. Oh, sí, ya conozco la norma de la señorita Rabbski. Pero parece que la habéis olvidado. Bueno, estoy seguro de que a ella le encantará refrescaros la memoria. Casi desearía poderme encargar yo mismo de eso, pero tengo la sensación de que la señorita Rabbski tiene mucho que decir al respecto.

—Pero yo... —empezó a decir Kellen.

—¡A LA OFICINA DE RABBSKI! ¡AHORA! —bramó Howell.

Llegamos a la oficina antes que Rabbski, así que tuvimos que sentarnos a esperar.

—¡Bien hecho! —dije.

Y Harvey se puso en plan:

—¿Yo? ¡Fuiste tú!

—Sí, yo te hice una PEQUEÑA broma. ¡Pero tú te has puesto como un BEBÉ, nos has hecho parecer idiotas y nos has metido en un lío!

—Sí —dijo Kellen—, y yo ni siquiera...

En ese momento se abrió la puerta.

—Siento haberos hecho esperar —dijo Rabbski—. He estado ocupada disculpando vuestro imperdonable comportamiento ante el señor Limpio Alegre.

El tono tranquilo de su voz daba más miedo que los gritos de Howell.

—Bueno, ¿tenéis alguna mala excusa?

Cuando se enteró de cómo había empezado todo, la señorita Rabbski le dijo a Harvey:

—En condiciones normales te confiscaría la figura de origami, pero en este caso la depositarás directamente en la papelera.

—Oh, pero esta es la mejor que he... —empezó Harvey.

—¡A LA PAPELERA! ¡AHORA! —chilló Rabbski.

Luego nos estuvo soltando un sermón durante un rato, nos hizo lavar las manos con desinfectante y, finalmente, nos llevó a S.E.I. para que pasáramos el día. Y ya sabéis lo que eso significó: una nota para mis padres. ¡BUF!

Lo que yo pensaba hacer al día siguiente cuando me encontrara con Harvey era decirle lo muy idiota que es. ¡Si hubiera seguido la broma, ninguno de nosotros habría tenido ningún problema!

Disculparme era lo último que pensaba hacer.

—Oh, vamos —dijo Sara—. ¡Si Harvey se hubiera sonado la nariz en Yoda Origami, todos vosotros os habríais puesto como locos!

—Sí, pero...

—¡No! Harvey se había esforzado en hacer eso, y tú lo destrozaste. Final del tema.

—¡MMRRRRGH! —añadió Fortune Wookiee.

Uau. Me di cuenta de que tenían toda la razón. En lugar de haber conseguido una gran victoria sobre Harvey, era más como esa parte de *El imperio contraataca* en que Luke se mete en la cueva del pantano y cree que ha vencido a Dream Vader, pero al final descubre que él ha sido Dream Vader todo el tiempo.

—Me siento como un imbécil total —le dije a Sara.

—Bueno, pues ahí viene Harvey. Ya sabes lo que tienes que hacer.

Así que lo hice.

Comentario de Harvey

Disculpa no aceptada

¡YO TAMPOCO! ⚡#@!% ¡¡¡HABÉIS ARRUINADO LA #!⚡☁@ MUCOSIDAD!!!

EL NO-ATAQUE DE LAS ARAÑAS

POR AMY

El otro día había bajado a la biblioteca pública. La que hay en Peter's Creek Road cerca del minigolf. ¡Y vi mi cartel colgado!

Era el del concurso de carteles de la Semana de la Biblioteca que hacen cada año en la escuela. ¿Recordáis que todos hicimos carteles sobre cosas de la biblioteca y que los colgaron en el vestíbulo y todo el mundo votaba a los mejores? Yo quedé segundo, después de ese niño de octavo, Colby, que hizo el cartel de Edward, de *Twilight*. Bueno, pues miré mi cartel y el de Colby, y no es por fardar, pero debo decir que el mío era mejor. Solo que yo no había puesto un kilo de purpurina como Colby.

Bueno, tenían carteles de otras escuelas también, e incluso tenían unos de la Academia Tippett. Con el móvil de mi madre hice una foto del que había obtenido el primer premio:

¡Sí, es el cartel de Dwight! ¿Os lo podéis creer? Es tan... aburrido.

Quiero decir, ¿os acordáis del que hizo el año pasado en nuestra escuela? ¿El de las arañas?

¡Ese cartel molaba! Hubiera ganado si no lo hubieran descalificado.

Así que lo que me pregunto es... ¿qué le pasa a Dwight? ¿Es que Tippett lo ha vuelto aburrido?

Comentario de Harvey

Es extraño que sea extraño que Dwight haga algo que no es extraño. Y lo que es más extraño todavía es que me siento extraño al pensarlo.

Sé que siempre he dicho que quería que Dwight se comportara de forma normal... ¡pero eso es DEMASIADO normal!

Mi comentario: ¡Totalmente de acuerdo!

¿Y sabéis qué otra cosa es extraña? ¿Por qué los niños de Tippett han votado este horrible cartel? O bien los demás carteles son muy muy muy malos. O han votado a Dwight por pena o algo.

CASSIE

FORTUNE WOOKIEE Y EL *TWIST*

POR CASSIE

¡¡¡La vida es tan injusta!!!

Por fin había conseguido el papel principal en una obra. Después de hacer de Chica 3 en *Outside Looking In* y de hacer del conejo bobo y tardón de *Alicia en el país de las maravillas, el musical,* por fin había conseguido un buen papel. Iba a ser Olivia, en *Olivia Twist.*

Olivia Twist es como Oliver Twist pero con una patética huérfana en lugar de un huérfano patético. ¿Por qué? Porque el único chico que se presentó para la obra fue Harvey, que mide como un metro ochenta de repente. (Además, no sabe actuar).

¡LES MISÉRABLES!

SRA.
HARDAWAY

Así que la señora Hardaway lo puso de chico malo y se limitó a cambiar «él» por «ella» en la obra.

Y alguno de los demás personajes también cambiaron. Como Artful Dodger, que continúa siendo Artful Dodger pero que lo interpreta Amy. Y Brianna hace del hombre viejo que salva a Oliver, así que va a hacer de señora vieja. (Tiene que ponerse una peluca gris, lo cual es divertido porque ella está muy engreída con su pelo siempre y ahora se parece a Martha Washington o algo).

Pere en realidad nada de esto va a suceder. Porque unos días antes de que empezáramos, la señora Hardaway —la profesora de coro que dirige el club de teatro y dirige las obras de teatro— nos dijo que deberíamos «esperar a ver» hasta después de las vacaciones de invierno. Dijo que había muchas posibilidades de que no pudiéramos hacer la obra, así que no había necesidad de ensayar.

No nos dijo por qué, y nos pidió que no le hiciéramos más preguntas. Dijo que estaba muy triste por todo eso, pero que no podía decir nada. Dijo que ya sabríamos lo que debíamos saber en enero. Todo era muy misterioso, y por eso pensé en Dwight y en Yoda Origami.

¡ELEMENTAL, MI QUERIDA CASSIE!

Mirad, a Dwight le gusta imitar ese horrible acento de Sherlock Holmes y hacer de detective con la ayuda de Yoda Origami.

La primera vez que lo hizo, me pilló haciendo algo malo pero me ayudó a arreglarlo. La segunda vez resolvió un misterio que salvó nuestra última representación.

Pero esta vez Dwight no estaba para ayudarnos a salvar la obra, sí que no sabía qué hacer.

Sabía que Sara estaba ayudando a gente con Fortune Wookiee, pero la verdad es que no veía de qué manera Chewbacca iba a resolver un misterio como ese. Pero como Sara y yo vamos juntas en el autobús, acabé contándoselo durante uno de los trayectos a la escuela.

—¿Por qué no lo intentamos y vemos si funciona? —dijo—. Hasta ahora ha ido bien.

Así que hicimos todos los movimientos y Sara puso el dedo encima de una de las solapas. La levantó y miró debajo.

—Es raro —dijo—. Normalmente me dice lo que Chewbacca diría, pero ahora dice «Nien Nunb». No parece una frase de Chewbacca.

—No —asentí—. Nien Nunb es un personaje de

NIEN NUNB

El retorno del Jedi. Es el tío que sustituye a Chewbacca cuando Lando pilota el *Halcón Milenario*.

Sara sacó su Han Solo de origami, pero puso voz normal para decir:

—¿De verdad quieres hablar con Han Doblo, o te puedo decir lo que yo pienso?

—Sí, dímelo.

—Bueno —dijo—, creo que Fortune Wookiee ha dicho Nien Nunb porque quiere que yo sustituya a Dwight y sea la detective.

—¿Vas a resolver el misterio tú?

—Elemental, mi querida Cassie —dijo, poniendo acento inglés. Pero cuando se rio, me di cuenta de que no estaba loca como Dwight.

Así que esa tarde, mientras regresábamos a casa, me contó lo que había averiguado.

—Fui a ver a la señora Hardaway. Mientras me acercaba a su aula, oí unos golpes de martillo y un chirrido espantoso. Temí que la hubieran asesinado, y fui corriendo hasta allí.

¡Sara decía todo esto poniendo voz de Sherlock Hol-

¡CHIRRIDO!

BANG

mes, igual que hacía Dwight! ¡Y allí, en el autobús, era vergonzoso!

—Cuando entré en el aula del coro, encontré a la señora Hardway totalmente viva. El chirrido lo había hecho un rollo de cinta de embalar. La señora Hardaway había arrancado una larga tira y estaba cerrando una caja de cartón.

—¿Y los golpes? Eso también tenía una fácil explicación. En el otro extremo de la habitación había un electricista que estaba instalando una de esas tiras para cubrir el cable eléctrico.

—Le dije a la señora Hardaway que, después de haber visto *Alicia en el país de las maravillas, el musical*, me había sentido inspirada y que quería unirme al grupo de teatro.

—¿Eso es verdad? —preguntó Sara.

—Bueno, no. En ese caso decidí que la sinceridad no era la mejor política a seguir. Le dije que quería formar parte de *Olivia Twist*, aunque fuera una de las muchas huérfanas y no tuviera ningún diálogo.

—Pero, básicamente, me dijo lo mismo que os había dicho a vosotros, sin añadir nada más. Era un poco difícil hablar con los golpes de martillo y todo eso, así que me fui.

—¿Entonces no has averiguado nada? —pregunté.

—¡Al contrario! —repuso Sara—. Lo he averiguado todo.

—¿Qué?

—Bueno, es elemental, mi querida Cassie...

«GRUÑIDO»

—¿Por qué hace falta un montón de tiras para tapar cable eléctrico en una aula de coro?

—Eh...

—Exactamente. No hacen falta. Hardaway insinuó que habría cambios después de las vacaciones de invierno. Creo que después de vacaciones, cuando empiece el nuevo semestre, esa aula ya no será el aula del coro. ¡Recuerda la caja de cartón! ¡Hardway estaba empaquetando sus cosas!

—Bueno, pues eso es raro, pero no entiendo por qué debe cancelar una obra solo porque se cambie de aula.

—¡Ajá! Olvidas un elemento crucial, doctora Cassie.

—¿Cuál?

—¡La cinta de embalar! Si Hardaway solo se estuviera trasladando de aula, no necesitaría la cinta de emba-

lar. Se limitaría a amontonar las cajas encima de un carrito para llevarlas por el pasillo. ¡No, Cassie, creo que ni las cajas ni la profesora van a regresar!

Al día siguiente fui al aula del coro antes de entrar a clase. La señora Hardaway estaba ahí, pero por suerte el electricista se había ido.

—¿De verdad que se va? —pregunté.

La señora Hardaway pasó volando por mi lado y cerró la puerta.

—¿Cómo lo has sabido? —preguntó.

Me daba vergüenza hablarle de Fortune Wookiee, pero en realidad ella no esperaba respuesta y continuó hablando:

—Oh, Cassie, va a haber muchos cambios. Lo detesto. Y siento no estar aquí para ayudarte.

—¿Qué tipo de cambios?

—Bueno —repuso—. Supongo que debo dejar que la señora Rabbski lo explique cuando llegue el momento. Pero básicamente vais a hacer solo lo fundamental.

Y lo dijo así: FUN-damental.

—¿Eso qué significa?

—Bueno, para empezar significa nada de coro, y eso quiere decir nada de profesora de coro, y nada de grupo

POR FAVOR SEÑOR... ¡QUIERO UN POCO MÁS!

de teatro tampoco... No le digas a nadie que te lo he contado hasta que me haya ido, pero... para resumir... es un rollo.

Y entonces me dijo que yo era una de sus alumnas favoritas y que hubiera hecho una gran interpretación de Olivia Twist. Y yo le dije que si encontrábamos la manera de hacer la función, la invitaríamos a venir a verla. Y ella dijo que le encantaría. Y dijo otras cosas amables sobre mí y otras cosas amables sobre ella y entonces llegó la hora de clase.

Me alegro de que Sara y Fortune Wookiee resolvieran el misterio, aunque la solución no me gusta mucho. Es como que con Yoda Origami todo terminaba bien, pero esto terminó mal. Quién sabe, quizá ni siquiera Yoda Origami hubiera podido evitar algo así.

Comentario de Harvey

¿Qué? ¿Suprimir coro y teatro? ¿Qué m...? ¡Yo me he apuntado a coro para el próximo semestre! Además, mi interpretación en la función iba a ser genial.

Y debo admitir que Sara es una detective bastante buena.

Mi comentario: ¿Puede ser que Harvey acabe de decir algo bueno de alguien? Tío, debe de estar bajo los efectos de la conmoción por lo del coro y el teatro y todo eso.

Todo eso resulta un poco intranquilizador... ¿Lo FUN-damental? Buf.

Comentario de Kellen

¡Que no cunda el pánico, pero he visto a la señora Richards sacar un montón de cajas del aula de arte!

YO

EL CAPÍTULO DE KELLEN

POR KELLEN

Tommy, tengo una buena noticia y una mala noticia. ¡La buena noticia es que ya no tengo que pedirle a mi hermano el trasto para grabar nunca más! Me lo ha regalado porque ha conseguido un teléfono que tiene una aplicación para grabar y, eh, todo lo demás.

Trasto para grabar

Así que, eh, puedo grabar mis historias en cualquier momento que me apetezca... y tú solo tendrás que transcribirlas. Eh, y quitar todos los «eh». ¡Gracias!

¡La mala noticia es que Fortune Wookiee es apestoso! Quiero decir, ya sabes que creo totalmente en Yoda Origami, pero Fortune Wookiee o bien es tonto, o malvado o no sirve.

¡TONTO!

¡APESTOSO! 235

¡MALVADO!

Ya sabes que Rhondella todavía está enfadada conmigo por el dibujo que hice... que continúo diciendo que es exactamente igual que ella o que, al menos, la dibujé tan parecida como pude. Bueno, pues me está volviendo loco. He pasado todos estos años intentando caerle bien a Rhondella, y creí que ya lo estaba consiguiendo, pero ahora está enfadada así que estamos encallados hasta que no encuentre la manera de que se le pase el enfado. Esta es la clase de cosa que le habría preguntado a Yoda Origami. Y he intentado preguntárselo, pero Dwight no responde mis correos electrónicos.

Bueno, pues todo el mundo le estaba preguntando cosas a Fortune Wookiee y él les daba respuestas bastante buenas, pero yo no quería hacerlo a causa de con quién hay que hablar para hablar con Fortune Wookiee: Sara, la mejor amiga de Rhondella. Así que pensé que debía pensar por mi cuenta en una manera de hacer que Rhondella dejara de estar enfadada conmigo, pero he debido de cometer un fallo o algo. Supongo que ha sido el regalo de Navidad que le he dado hoy. Eso fue por el consejo de Sara, y pensé que tenía razón: en lugar de gastarme el dinero para mí, me lo gasté para Rhondella.

Solo debía decidir qué le compraría. Y recordé que a Sara le gustó mucho esa novela gráfica que le regalaste para su cumpleaños, pero también recordé la reacción que tuvo cuando Tater Tot le regaló el osito de peluche.

Así que compré uno de cada para Rhondella. Como a Rhondella le encanta *Godzilla*, fui a Gypsy Witch Comics y le compré un increíble novela gráfica, *El rey de los monstruos*, además de un peluche de *Godzilla*, que me salió muy caro porque se supone que es *vintage*. ¡Pero era muy muy guay! Llevé las dos cosas durante tres días en la mochila, esperando encontrar la oportunidad de dárselo.

Y hoy, en la biblioteca, tú y Sara empezasteis a hablar en susurros y Rhondella se enojó y se llevó sus cosas y se fue a la zona de revistas. «Por fin —pensé—, esta es la oportunidad.» Pero cuando se lo di, ella se comportó como si le estuviera dando vómito de perro envuelto en chocolate. Quiero decir, deberías haber visto la cara que puso. Dijo gracias, pero con una expresión fingida, y se metió los regalos en la mochila sin ni siquiera mirarlos y dijo que tenía que llevarlos a su taquilla antes de entrar en clase. ¡Y se fue! Yo me ha-

COBERTURA DE CHOCOLATE →

← BAÑO DOBLE

¡OH, YUPI! ¡VÓMITO DE PERRO!

bía sentido muy emocionado por haber podido darle los regalos, así que fui tras ella. Rhondella caminaba muy deprisa por el pasillo, y yo caminaba a su lado, pero ella ni me miraba.

—¡Venga, Rhondella! Deja de estar enfadada conmigo. Siento lo del dibujo —le dije.

Por fin empezó a caminar más despacio y me miró.

—Lo siento, Kellen. Supongo que soy una maleducada. Mira, ya no estoy enfadada contigo. No te preocupes por eso.

Oír eso me hubiera hecho sentir muy feliz, pero de la manera en que lo dijo me hizo pensar que las cosas estaban incluso peor que antes. Y así era.

—Entonces, ¿cuál es el problema? —pregunté.

—Quizá deberías preguntárselo a Fortune Wookiee —dijo—. Eh, será mejor que vaya a cepillarme el pelo. Gracias por los regalos.

Y se abrió paso por entre los niños que caminaban en dirección contraria, y cruzó el pasillo y entró en el lavabo de chicas.

Pensé en esperar a que saliera, pero hacer eso me pareció poco guay, y me sentía como si me hubiera dado un baño con agua fría.

Francamente, la verdad es que no me sentía mejor por dar que por recibir. En realidad, me sentía bastante memo.

¡MEMO!

¿POR QUÉ?

Así que regresé a la biblioteca para hablar con Sara. Todavía quedaba mucho rato antes de ir a clase; Rhondella había utilizado eso como excusa para irse. ¿Pero por qué, tío? Si ya no estaba enfadada por el dibujo, entonces ¿por qué? Sara estaba allí, hablando contigo —seguro que te acuerdas—, y le pregunté si podíamos hablar en privado. Y tú te pusiste en plan: «ay, ay, ay, ay, ay», y yo «tío, esto es importante, así que cállate diez segundos». Y tú te fuiste a jugar a *La guerra de los lápices* con Lance.

¡AY, AY!

Y Sara dijo:

—¿Esta vez tienes una buena pregunta?

—Sí, y necesito la ayuda de Chewie de verdad. Rhondella me ha dicho que le pregunte.

—Entonces vale —repuso Sara, y sacó a Chewbacca y a Han Doblo.

—Bueno —empecé a decir.

—Shhh... —soltó Sara—. Creo que esta vez debemos hablar en susurros.

—Sí, vale —susurré—. Bueno, Rhondella dice que ya no está enfadada conmigo, pero me continúa tratando como si fuera un ugnaught. Los regalos que me dijiste que le hiciera...

—¿Qué? ¡Yo no te dije que le hicieras un regalo!

—Pero dijiste...

—Me refería a tu madre o a alguien así.

—Oh, bueno, ojalá le hubiera comprado algo a mi madre, porque Rhondella casi ni dijo gracias. Ni siquiera fue amable. Y cuando le pregunté cuál era el problema, me dijo que se lo preguntara a Fortune Wookiee.

Sara me sonrió con gran amabilidad y dijo:

—Está bien, pues veamos qué dice...

Así que hicimos todos los pasos de la película favorita y lo contamos todo y Sara abrió y cerró la boca de Chewie y se detuvo en la solapa adecuada y la abrió y Chewie soltó ese penoso sonido suyo:

—Wuuug.

—¿Wug? —pregunté—. ¿Qué significa eso?

Sara levantó a Han Doblo. Han Doblo como que asintió con la cabeza.

—Lo siento, chico —dijo en voz muy baja—. Algunas cosas son imposibles.

—¿Qué es imposible?

—Odio tener que decírtelo —repuso Han—, pero Rhondella es imposible... para ti.

—¡Wug! —dijo Chewie.

Miré a Sara.

—¿De verdad?

—Wug —dijo Sara.

—Pero Fortune Wookiee me puede decir cómo cambiar eso, ¿verdad? ¿Cómo lo hago?

—Shhh... —soltó Sara, otra vez—. Es mejor que nadie oiga esto... Fortune Wookiee ha hablado. Eso es todo lo que tiene que decir.

—¿«Wug» es todo lo que tiene que decir? ¡Vaya rollo! Yoda Origami hubiera encontrado la manera de cambiar la situación.

—No, Kellen —dijo Sara—. Seguramente Yoda Origami diría: «Observa tus sentimientos. Verdad es».

Entonces yo solté una palabrota que no era «caca de bantha» sino otra, pero que significaba básicamente lo mismo, y me levanté y me fui.

—Espera —dijo Sara—. Toma esto. Úsalo cuando te sientas mejor.

Intentaba darme una figura de origami.

—¡No, gracias! —grité. Admito que no estaba siendo nada amable. Y le pediré perdón a Sara después. No es culpa suya que el estúpido Fortune Wookiee de Dwight no funcione.

—¡Cógelo! —ordenó.

Lo cogí. Era un ewok de origami. Genial, justo lo que necesitaba. Me lo metí en el bolsillo.

En eso momento sonó el timbre. Era el inicio de un mal día.

Hace un rato, después de llegar a casa, eché un vistazo al ewok de origami. No me sentía mejor que antes, pero tenía curiosidad por si me daba alguna pista de cómo acercarme a Rhondella. Quizá estuviera subestimando el poder de los ewok, igual que hicieron todos en *El retorno del Jedi*.

Me lo saqué del bolsillo y vi que se había arrugado un poco. Me di cuenta de que era bastante chulo, y pensé que ojalá hubiera evitado que se arrugara. Estaba muy bien hecho, y el autor le había dibujado una cara muy buena. Vi que no había sido Dwight, porque Dwight hace garabatos en la cara de los yoda.

Miré la parte posterior y vi que había una dirección URL: photowallrus.com, así que la escribí y apareció una foto mía y de esa chica tan guapa en la biblioteca. Fue cuando me dieron el premio del cómic. En ese momento no me di cuenta, pero la chica me estaba dedicando una gran sonrisa. ¿Me pregunto si será ella quien ha hecho el ewok?

Pero ¿por qué me habrá dado Sara su foto? ¿Qué tiene que ver con Rhondella? ¿Y qué se supone que debo hacer con Rhondella?

No sé, tío, quizá Fortune Wookiee tenga razón... ¡WUG!

¡¡LAS COSAS SE VUELVEN MÁS RARAS!!

POR TOMMY

Excepto por lo que le pasó a Kellen, parecía que Fortune Wookiee lo hacía bastante bien. Quizá no TAN bien como Yoda Origami, pero bastante bien.

Yo intentaba comprender cómo era posible eso. Quiero decir que Harvey tiene razón al decir que ni siquiera el Chewbacca de verdad empleaba «la fuerza». Si es así, ¿cómo es posible que el Chewbacca de origami emplee «la fuerza»? Lo único que se me ocurrió pensar fue que quizá fuera el mismo Dwight quien pusiera «la fuerza» en la figura de origami.

Después de todo, yo he hecho unas cuantas figuras de origami y ninguna de ellas hablaba. Así que quizá Dwight, de alguna manera, pusiera «la fuerza» en sus Yoda y en su Chewbacca Origami también.

Esa era mi mejor teoría... hasta hoy, que Harvey acabó con ella por completo.

Harvey se puso totalmente histérico hoy antes de entrar en clase... pero lo más delirante es que quizá tuviera razón. No tenía razón al ponerse histérico y avergonzarnos a todos —¡otra vez!—, pero quizá tuviera razón con respecto a por qué se puso histérico.

Todo empezó porque Harvey quería hacer una pregunta...

—Eh, Sara, me han dicho que le has dado un consejo secreto a Kellen —dijo Harvey.

—Bueno, fue Fortune Wookiee quien lo hizo —repuso Sara. Creo que ella se dio cuenta de inmediato de que Harvey tramaba algo. Normalmente él nunca empieza una conversación, solo se mete en ellas—. Pero era secreta. No te voy a decir nada al respecto.

—Sin problema. Respeto la intimidad de Kellen. Solo quería saber si Chewie y Han Doblo me podían ayudar a mí también. ¿Puedes preguntarle mi futuro a Fortune Wookiee?

—¿Y vas a hacer comentarios necios sobre lo que te diga?

—Yo nunca hago comentarios necios.

—Olvídalo —dijo Sara.

—No, eso no es justo —dijo Harvey—. Dwight mandó a Fortune Wookiee para que nos ayudara a todos. ¿O es que dijo «no dejéis que ayude a Harvey»?

—No.

—Bueno, pues entonces no es justo.

—Está bien, ¿sobre qué quieres preguntar?

—Cualquier cosa.

—¿Cualquier cosa? —preguntó Kellen—. De acuerdo, Fortune Wookiee, dile a Harvey cómo dejar de comportarse como un capullo todo el tiempo.

—¡Eh!

—¡Has dicho que cualquier cosa!

—¡Yo no me comporto como un capullo todo el tiempo!

—Sí, lo haces —respondieron todos los que estaban en la mesa, quizá todos los que estaban en la biblioteca... ¡quizá la escuela entera!

Yo también lo dije, pero me arrepentí de inmediato porque tuve miedo de que eso hiriera sus sentimientos. Pero parecía que Harvey tenía un propósito. Continuó adelante.

—De acuerdo, eso me da una idea para una pregunta mejor. Sara, pregúntale a Fortune Wookiee por qué todo el mundo cree equivocadamente que soy un capullo, por favor.

Sara sacó a Fortune Wookiee.

—¿Qué película?

—*El imperio contraataca.*

—Uno-dos-tres-cuatro-cinco.

—¿Qué personaje?

—IG-88.

—¿Tu personaje favorito es un robot que aparece en la película unos, digamos, siete segundos y que no hace nada?

—Sí. Tiene una historia fantástica que no aparece en la película. Verás, fue construido en...

—¡Está bien! I-G-8-8.

Sara contó y levantó la solapa y soltó, casi sin entusiasmo:

—Mrrrrowwwwr.

—Mmm-hmmm —masculló Harvey—. ¿Y qué dice que significa?

—Dice: «No todo el mundo habla wookiee» —dijo Han Doblo.

Y al cabo de un segundo, todo estalló por los aires. Pero dejadme apretar el botón de pausa para que podamos reflexionar en la respuesta de Fortune Wookiee... Lo he pensado mucho desde entonces y creo que esa respuesta fue muy muy buena.

Creo que Chewie intentaba decirle a Harvey que la gente no siempre le comprendía. Las palabras que salían de su boca eran como rugidos de Chewbacca y cosas por el estilo. Todos sonaban secos y horribles.

Pero Chewbacca no es ni seco ni horrible, y quizá Harvey tampoco lo sea. Sus palabras lo son, pero no significan lo mismo para él que para nosotros. Eso es lo que Han quería decir con «No todo el mundo habla wookiee». Harvey debe aprender que no todo el mundo le comprende.

Harvey siempre critica, se queja y hiere los sentimientos de la gente, pero creo que se sentiría muy sorprendido si se diera cuenta. Él cree que solo se muestra divertido u ocurrente o, incluso, guais, pero los demás creen que se comporta como un capullo.

Por desgracia, Harvey no dedicó ni un minuto a pensar en lo que Han Doblo le había dicho porque estaba demasiado ocupado... comportándose como un capullo.

—¡Ajá! —le gritó a Sara—. ¡Esta es la novena respuesta. ¡La novena respuesta DIFERENTE! ¡Ahora Fortune Wookiee ha dado nueve respuestas diferentes a nueve personas diferentes!

—¿Y qué? —soltó Kellen.

—¡Un comecocos solo tiene ocho solapas! Mira... —E intentó quitarle

Fortune Wookiee a Sara. Ella lo sujetó con fuerza y él también, y entonces Rhondella dio un tirón y se rompió.

Harvey se quedó con una mitad y empezó a levantar las solapas diciendo:

—¡Mirad, aquí no hay NADA debajo de las

solapas! ¡No hay ninguna predicción en absoluto!

SOLAPA
EN BLANCO

Mientras, Rhondella intentaba cogerle la
mitad que tenía. Sara estaba enojadísima. Entonces apareció la señorita Calhoun y puso
orden. Hizo que todos los chicos nos fuéramos
a otra mesa excepto Harvey, que tuvo que ir
directamente a su aula. La señorita Calhoun
cogió las dos mitades de Fortune Wookiee y se
los llevó a la oficina.

—¡Espero que la señora Rabbski no se entere de que tuve que interrumpir un disturbio
relacionado con una figura de origami! Diría
que deberíamos prohibir el origami también en
la biblioteca, y esta vez yo no podría evi-
tarlo.

Todos estuvimos de acuerdo en que lo ocul-
taríamos y no hablaríamos de ello.

Pero estaba claro que ese asunto no había
terminado. Yo empezaba a pensar que Sara sabía algo que los demás no sabíamos.

Comentario de Harvey

Bueno, yo sé lo que Sara sabe. ¿Por qué no me dais la oportunidad de explicarlo sin ser interrumpido?

Mi comentario: Adelante...

EL FORTUNE WOOKIEE
QUE NO LO ERA

POR HARVEY

Desde el principio estaba seguro de que Fortune Wookiee era un engaño, igual que Yoda Origami. Solo se trataba de Dwight, que quería volvernos locos aunque él no estuviera aquí.

Pero esta vez empecé a conseguir algunas pruebas de verdad. Primero: cuando Sara trajo a Fortune Wookiee a la escuela, nos dijo que Dwight se lo había lanzado desde la ventana de su habitación. Pero luego Tommy descubrió que las ventanas de la casa de Dwight están cerradas y aseguradas con clavos.

Segundo: ¿os habíais dado cuenta de que ninguno de los mejores amigos de Sara le ha hecho ninguna pregunta? Ni Rhondella ni Amy han querido preguntarle nada, porque seguro que también sabían que era un engaño.

Tercero: ¿Qué posibilidades hay de que cada uno saque una solapa diferente cada vez? Eso va contra todas las posibilidades. Antes o después debería haber una repetición. Pero nunca la ha habido.

Y cuarto: Tal como he intentado decir en la biblioteca, solo hay ocho solapas. Pero, por algún motivo, había nueve respuestas. Si yo no la hubiera defendido, seguro que habría habido más.

Eso dejaba claro que Sara se lo estaba inventando todo. Todo eso de «¿cuál es tu película favorita?», «elige un personaje», era parte del teatro. Los magos lo llaman desviar la atención.

¡Aquí tenéis las pruebas! ¡No es mi opinión, sino pruebas de verdad!

Así que ya puedes poner esto en la documentación del caso, Tommy.

Mi comentario: Lo incluyo en el expediente del caso, amigo. ¡Relájate!

Para decir la verdad, esta vez creo que tienes razón.

Te creo. No quiero creerte, pero lo hago. He repasado todas las historias de este caso, y de verdad parece que todo esto ha sido un truco.

Pero de lo que no estoy seguro es de si esto ha sido cosa solo de Dwight o si Sara nos ha estado engañando todo el tiempo, también. Quiero decir, si Dwight engañó a Sara, es una cosa. Pero si los amigos de Sara sabían que era un engaño, entonces Sara debía de saber que era un engaño. Y si ella se inventaba las respuestas, ESTÁ CLARO que sabía que era un engaño.

Entonces, ¿qué demonios es lo que ha pasado?

Solo hay una manera de cerrar el archivo de este caso. Debo confrontar a Sara con las pruebas de Harvey para averiguarlo.

Ahí voy...

SARA BOLT... ¿¡MUJER MISTERIOSA!?

LA PARTE MÁS IMPORTANTE DEL ARCHIVO DEL CASO...

que en realidad no puede incluirse en el archivo del caso

POR TOMMY

Yo:	Bueno, Sara, ¿te molesta si utilizo la grabadora de Kellen? Ya sabes, para el archivo del caso.
Sara:	Puedes usarla, pero no creo que quieras incluir esto en el archivo del caso.
Yo:	Pero creí que dijiste que lo explicarías todo.
Sara:	Oh, lo explicaré todo, pero no te va a gustar, y no vas a querer que Kellen lo lea, tampoco.
Yo:	¿Kellen? ¿Por qué no?
Sara:	Ya lo verás. Empieza a preguntar.
Yo:	Vale. ¿Qué pasa con Fortune Woo-

kiee? Parece que esta vez Dwight
nos ha tomado el pelo.

Sara: En realidad, Dwight no os ha tomado el pelo en absoluto. Dwight no
tiene nada que ver con esto. Él ni
siquiera lo hizo. Fui yo quien lo
hizo.

Yo: ¿LO HICISTE TÚ?

Sara: Sí, y a Han Doblo también.

Yo: ¿Todo esto ha sido idea tuya?

Sara: En realidad, al principio fue idea
de Rhondella. Esta es la parte que
Kellen no debe saber. Mira, el motivo de hacer a Fortune Wookiee
fue que queríamos darle una respuesta a Kellen.

Yo: ¿Todo esto ha sido solo para rom-
perle el corazón a Kellen?

Sara: ¡No! Al contrario. Mira, justo
después de que Dwight se marchara,
Rhondella dijo algo así como «¿Sabes?, finalmente empezaba a creer
en Yoda Origami. Iba a preguntarle
cómo podía librarme de Kellen, ya
sabes, sin herir sus sentimientos. Ya sabes, algo como "Le gus-

tas de esa manera, tú no. Que seáis amigos es lo que ella quiere. Superarlo debes". Él le habría hecho caso a Yoda». Así que ella, Amy y yo tramamos la idea del Fortune Wookiee.

Yo: ¿Y por qué creasteis a Chewi? Si fue una cosa que hicisteis las chicas, ¿por qué no hicisteis una princesa Leia de origami?

Sara: ¿Le hubierais hecho caso a la princesa Leia? No estaba segura de que lo hicierais, pero sabía que escucharíais a Chewbacca... Además, yo imito a Chewbacca a la perfección. ¡MMMWWWWWRGGGGHHHHHHH!

Yo: Sí, impresionante.

Sara: El único problema que tuvimos es que Kellen no dejaba de hacer las preguntas equivocadas. Pero pensé que al final acabaría preguntando por Rhondella, y así fue. Y, mientras tanto, descubrimos que a Remi le gustaba, así que podíamos incluir eso como un pequeño rayo de luz para el pobre chico. Pero tam-

	bién teníamos que dejar claro que nunca conseguiría a Rhondella.
Yo:	¡NOOOOOO! ¡Eso es totalmente injusto! Yoda Origami hubiera ayudado a Kellen, y se supone que tú debías ayudarlo también.
Sara:	Y lo ayudé. Él debía saber que lo de Rhondella y él no era posible. Pero Remi... Eso sería posible si él dejara de perseguir a Rhondella un momento y mirara a su alrededor.
Yo:	¡Pero Kellen ha estado enamorado de Rhondella desde tercero! No va a cambiar de opinión en dos segundos.
Sara:	Ese es el problema. Kellen no está enamorado de la Rhondella real, está enamorado de la Rhondella que conoció en tercero, cuando a ella le gustaba *Godzilla*.
Yo:	¿Quieres decir que ahora *Godzilla* ya no le gusta? Si siempre estaba hablando de películas de monstruos.
Sara:	Sí, ESTABA. ¿Cuándo la oíste hablar de *Godzilla* por última vez?

Rhondella ha cambiado completamente. A diferencia de Kellen, ella ha crecido. Y Kellen no se ha dado cuenta porque en tercero decidió que la amaba y, desde entonces, no lo ha vuelto a pensar. Pero a la Rhondela de séptimo no le gusta *Godzilla*... ni Kellen. Y no le volverán a gustar nunca.

Yo: Uf.

Sara: ¡Pero a Remi le gusta! Bueno, le gusta más el manga que las películas de monstruos, pero se parece bastante, y le gusta Kellen. Mucho. Y creo que eso es lo único que él necesitaba saber para desengancharse de Rhondella.

Yo: Uau. Vale, pero aunque acepte por un minuto que la respuesta que le diste a Kellen fue buena... ¿qué me dices de las otras respuestas? Como lo del pastel de carne, y tú haciendo de Sherlock Holmes... o yo, disculpándome ante Harvey.

Sara: Todo lo demás fueron distracciones, como lo llama Harvey. Y me cabrea que tenga razón, pero la tiene.

Yo: ¿¿Tú estás cabreada?? ¡Yo sí que estoy cabreado! ¡Me hiciste pedirle disculpas a Harvey! ¡Confiábamos en ti!

Sara: Bueno, la verdad es que fue un buen consejo. Tú debías pedir disculpas. Todos los consejos fueron buenos, especialmente el del pastel de carne. Estoy muy orgullosa de eso. Simplemente, se me ocurrió. Ya ves, «la fuerza» no es la única fuerza que hay por aquí.

Yo: ¿Y cuál es la otra?

Sara: ¡El poder de las chicas!

Yo: ¿Así que, para resumir, durante este mes los chicos hemos estado haciendo lo que las chicas habéis querido?

Sara: Sí. Ha funcionado bastante bien, ¿no? ¡En realidad, diría que tenemos una sabiduría de Jedi!

Mi comentario: Bueno, está claro que no voy a incluir esto en el archivo del caso. Esto va a ir en el archivo secreto del caso, junto con el capítulo de Remi. No hace falta que Kellen se entere, y desde luego, tampoco hace falta que se entere Harvey. Pero creo que es justo que añada algo al archivo para explicar cuál ha sido la verdad. . .

EL SECRETO
DE FORTUNE WOOKIEE

POR TOMMY

Fortune Wookiee no empleaba «la fuerza», ni hacía predicciones de verdad, y ni siquiera lo había hecho Dwight. Sara fue quien lo hizo, y también quien hacía las predicciones.

YO TENÍA RAZÓN

POR HARVEY

¡Yo tenía razón! ¡Yo tenía razón! ¡Yo tenía razón!
¡Yo tenía razón! ¡Yo tenía razón! ¡Yo tenía razón!
¡Yo tenía razón! ¡Yo tenía razón! ¡Yo tenía razón!
¡Yo tenía razón! ¡Yo tenía razón! ¡Yo tenía razón!
¡Yo tenía razón! ¡Yo tenía razón! ¡Yo tenía razón!
¡Yo tenía razón! ¡Yo tenía razón! ¡Yo tenía razón!
¡Yo tenía razón! ¡Yo tenía razón! ¡Yo tenía razón!
¡Yo tenía razón! ¡Yo tenía razón! ¡Yo tenía razón!
¡Yo tenía razón! ¡Yo tenía razón! ¡Yo tenía razón!
¡Yo tenía razón! ¡Yo tenía razón! ¡Yo tenía razón!
¡Yo tenía razón! ¡Yo tenía razón! ¡Yo tenía razón!
¡Yo tenía razón! ¡Yo tenía razón! ¡Yo tenía razón!

¡Yo tenía razón! ¡Yo tenía razón! ¡Yo tenía razón!
¡Yo tenía razón! ¡Yo tenía razón! ¡Yo tenía razón!
¡Yo tenía razón! ¡Yo tenía razón! ¡Yo tenía razón!
¡Yo tenía razón! ¡Yo tenía razón! ¡Yo tenía razón!
¡Yo tenía razón! ¡Yo tenía razón!

Comentario de Harvey

Pero debo admitir que me sorprendió que hubiera sido
Sara y no Dwight. ¡Creo que la subestimé!

Mi comentario: ¡Yo también!

Dwight en la Academia Tippett

POR CAROLINE

De acuerdo, Tommy, aquí tienes mi capítulo sobre Dwight en la Academia Tippett. Si esto no te convence de que hagas algo, entonces ya no sabré qué hacer. ¡Tú eres mi única esperanza! Y no es solo una frase de película.

¿Recuerdas que una vez escribiste en uno de tus archivos de casos que «Dwight es lo que es»?

Bueno, pues ya NO lo es. Ya no es Dwight.

¡Este otro Dwight es cero divertido y cero raro y cero Dwight!

¡Creo que esta escuela está acabando con el Dwight de verdad! Y si la cosa ya está así de mal después de solo un mes y medio, ¿cómo de mal va a estar después de un curso entero?

Es difícil escribir un capítulo contando lo que hace mal,

DWIGHT 0%

NO DWIGHT 100%

porque en realidad no hace gran cosa. Se trata más bien de las cosas que no hace.

Ya no provoca problemas en las reuniones como hacía antes. Simplemente, se queda sentado. (Por cierto, ¿sabías que el señor Limpio Alegre también viene a la Tippett? ¡No hay forma de escapar de él!)

Dwight ya no se tumba en sitios extraños, como en la posición de segunda base del campo de pichi. Se limita a quedarse sentado o de pie, y a hacer lo que le dicen que haga.

No hace origamis en clase... ni en ningún otro lugar, que yo sepa.

No hace nada que le pueda provocar problemas. Creo que tiene pánico de meterse en problemas y hacer que su mamá se enoje otra vez. Así que ha decidido no hacer nada interesante en absoluto.

Y una de las cosas que más me preocupa es que ya no evita a los niños odiosos. Ya te conté que en Tippett todo va de «comprender las diferencias» y que algunos niños son muy muy pesados porque insisten en «comprenderte» todo el rato.

El antiguo Dwight no hubiera soportado nada de eso. Pero a este Dwight, casi parece que le gusta. Creo que él piensa que ha encajado ahí, pero esos niños no lo comprenden de verdad, solo lo «comprenden».

Sé que todo esto no se entiende muy bien, así que fui a

hablar con un par de niñas para que me ayudaran a hacer que lo entendieras.

¡No fue nada agradable! ¡Esas chicas siempre están dando abrazos! Si se limitaran a darse abrazos entre ellas, estaría bien, pero siempre intentan abrazar a otras personas. Un día, una de ellas llegó incluso a querer abrazarme a mí. Y siempre están intentando abrazar a Dwight.

Bueno, quizá ya lo sepas, pero Dwight DETESTA que lo abracen. Ni siquiera quiere que yo lo abrace, ¡así que no lo hago!

Pero nada puede detener a esas dos niñas, que se llaman Kimmy y Heather.

Yo: Chicas, antes he visto que abrazabais a Dwight...

Kimmy: ¿No es un encanto? ¡Me encanta Dwight!

Yo: Pero no deberíais abrazarlo.

Heather: ¿Por qué no? Todo el mundo necesita un abrazo de vez en cuando.

Yo: No, no todo el mundo. Mirad, Dwight es diferente.

Heather: ¡Sí, ya lo sabemos! Es especial, y es por eso que necesita un abrazo extra de vez en cuando.

Yo: Nosotros no decimos que es «especial». ¡Él no es especial!

Heather y Kimmy: ¡OH!

Kimmy: ¡Creí que tú eras amigo de Dwight!

Yo: ¡Lo soy!

Kimmy: ¡Pues me parece que no eres muy amable con

Dwight! Y es importante ser amable con Dwight. Es especial.

Yo: ¡Si vuelves a decir que es «especial», te machaco!

Heather: Creo que tienes un problema en comprender las diferencias.

Kimmy: ¡Sí, yo también lo creo!

Y se marcharon, ¡seguramente a darle otro abrazo a Dwight!

Bueno, ¿eso ha aclarado un poco las cosas? ¿Empiezas a ver cómo son las cosas para Dwight aquí, en Tippett?

Todo el mundo afirma que «le quiere», pero Dwight no tiene ningún amigo de verdad que yo sepa.

Tommy, sé que tú eres su amigo de verdad. Es por eso que tengo la esperanza de que el archivo de este caso te ayude a encontrar la manera de ayudarlo. He intentado hablar con él sobre todo esto, pero él no deja de decir que todo va bien.

¡DWIGT BUENO!

Nadie le trata como a una persona de verdad sino, más bien, como si fuera la mascota de la clase. Y, francamente, creo que tiene tanto miedo de meterse en problemas otra vez que se comporta como si lo fuera. O, peor incluso, creo que empieza a gustarle. Debe de ser bastante agradable que todo el mundo te acaricie la cabeza y vote por tu horrible cartel de la biblioteca (has visto el cartel, ¿verdad?) y te diga que todo lo que haces es «genial» y que te diga todo el rato que eres «especial».

¡MIRA! ¡PENDIENTES DE CLIP PONERTE DEBES!

¡QUE ALGUIEN ME SALVE!

Y, en cuanto a Yoda Origami... ¡olvídalo! Todo el mundo tiene su propio Yoda y hacen las cosas más TONTAS con ellos. Nadie cree DE VERDAD en Yoda Origami... excepto yo. Ni siquiera estoy segura de que Dwight crea en él ya.

Tommy, ¡el verdadero Dwight está desapareciendo! Y este otro Dwight es cero divertido.

Pronto ya no será raro en absoluto, y ni siquiera será especial, solo será... aburrido. Y creo que no será feliz. Sé que no lo será.

¿Qué piensas de todo esto, Tommy? ¿Crees que puedes ayudarlo?

Comentario de Harvey

Sé que antes deseaba que Dwight no fuera tan raro... pero nunca quise que se volviera normal.

¡Y no me puedo creer que deje que esas niñas que abrazan se acerquen a él! ¡Son terroríficas!

Mi comentario: Bueno, creo que ellas tienen buenas intenciones, pero tienes razón: ¡son terroríficas!

Y ahora me doy cuenta de lo equivocado que estaba con que Dwight pudiera «arreglarse». Si se comporta de forma normal, significa que está destrozado.

Debemos ayudarlo... pero no tengo ni idea de cómo.

¡QUE ALGUIEN ME SALVE!

EL CONSEJO
DE HAN DOBLO

POR TOMMY

Le conté a Sara todo esto y le dije que no tenía ni idea de cómo ayudar a Dwight.

—Ojalá le pudiera pedir consejo a Yoda Origami —dije—. O a Fortune Wookiee, si no fuera un engaño y estuviera destrozado.

—Bueno —dijo ella—, siempre se lo puedes pedir a Han Doblo.

—Pero él también es un engaño.

—¿A quién llamas «engaño», niño? —preguntó Han Doblo, que acababa de aparecer en el dedo de Sara.

—Eh, Sara, habla en serio.

—Han Doblo también.

A veces me pregunto si todos mis amigos están locos.

—Vale. ¿Qué piensa Han Doblo al respecto?

—Es obvio, niño —dijo Han—. Dwight debe salir de ese vertedero y volver a McQuarrie.

—Eso sería fantástico —repuse—. Pero él no quiere volver. ¡Dice que le gusta más Tippett!

—Bueno, pues supongo que deberéis hacer que vuelva.

SALTO A LA
VELOCIDAD de la LUZ

YODA ORIGAMI Y DWIGHT

POR TOMMY

Fui a ver a Dwight otra vez.

Él volvió a marearme con todo ese lío de entrar en su casa, y tuve que entrar a gatas por la puerta del perro otra vez. Quizá por eso hablé de forma un poco áspera. Además, yo intentaba hacerlo al estilo de Han Solo.

—Creo que todo eso no es más que una actuación, Dwight —dije, empujándolo al entrar y mientras subía las escaleras hacia su habitación.

—¿El qué?

—Toda esa caca de Bantha de que has ganado

¡BASTA DE ESTA BROMA DE CACA DE BANTHA!

el concurso de carteles y de que te abracen todo el tiempo y de que seas un niñito bueno. Todo eso no es más que una actuación.

—Bueno, intento *actuar* bien.

—Sí, ya me lo han dicho. El problema es que te comportas como un flojo.

—Pero ahora le caigo bien a todo el mundo —repuso.

Me siguió hasta su habitación. Me di la vuelta y se lo solté.

—A Caroline no. Y a mí, tampoco. Y tampoco a Yoda Origami.

—¿Qué?

—¿Te acuerdas, por lo menos, de Yoda Origami? Y no hablo de esas copias que han hecho tus «amigos». Hablo del Yoda Origami de verdad. Sácalo del marco. Pregúntaselo.

—Ya te dije que es difícil sacarlo —farfulló.

—De acuerdo, pues lo haré yo —dije.

Bajé el cuadro de la pared. Estuve a punto de romperme una uña al intentar rasgar la parte trasera, pero conseguí abrirlo y quitar el cristal, el cartón de debajo y a Yoda Origami.

DWIGHT, El flojo.

167

Quise que Dwight cogiera a Yoda Origami, pero él se negó. Me di cuenta de que lo había asustado un poco y empezaba a cerrarse. Me dije que debía relajarme.

—Vale —dije, pero supe que ya era demasiado tarde.

Me puse a Yoda Origami en el dedo.

—Seres luminosos somos, no esta materia tosca.

—¿Qué quiere decir? —preguntó Dwight, y parecía interesado de verdad.

—No estoy seguro —respondí—. Yo no quería decir eso.

Y creo que no lo dije. Simplemente, las palabras salieron solas de mi boca. Esa es la frase más rara de todas las de sus películas y no tenía ningún sentido para mí hasta que me di cuenta de que «luminosos» significaba «brillantes». Y, a pesar de ello, continuó resultándome confuso. Hasta ahora.

—Creo que Yoda Origami dice que se supone que debes ser brillante... que debes ser increíble, y no aburrido. Se supone que tú debes tener a Yoda Origami, y comer bocadillos de carne y sentarte dentro de los agujeros. Se supone que debes pelearte con Harvey y volverme loco diciendo «púrpura» todo el rato. Quizá incluso se supone que debes tener problemas con Rabbski.

Miré a Dwight y me di cuenta de que me estaba mirando a los ojos. Él casi nunca te mira a los ojos.

—Lo que no se supone es que seas la mascota de la clase de esos niños de Tippett, y eso es lo que eres según dice Caroline. Están tan ocupados diciendo que eres «especial» que no te das cuenta de que eres increíble. ¿Es que no estás harto de eso?

—Bueno, un poco. Pero es mejor que...

—No, no lo es —dije—. Da igual, debes leer esto antes de decir nada más.

—¿Qué es?

—Es un pequeño archivo del caso. Lo hemos hecho para ti.

EL ARCHIVO DE DWIGHT

¡TÚ ERAS QUIEN HACÍA ESTA ESCUELA INTERESANTE!
¡ADEMÁS, NECESITAMOS QUE VUELVAS AL EQUIPO DE ROBOTS LEGO!
¡HAZ EL *!#F@ FAVOR DE VOLVER!
QUA-VONDO
EL MONO JABONOSO

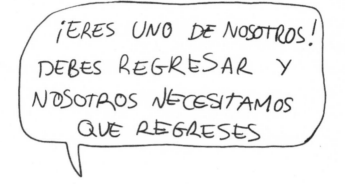

Dwight permaneció sentado un largo rato. Se quedó mirando fijamente el ancla de plástico, y decidí dejarle tiempo para que pensara. Así que me quedé sentado también, mirando con atención a Yoda Origami, pensando que Dwight tenía que ser un genio para haberlo hecho y recordando cómo Yoda había cambiado la escuela McQuarrie. Y ahora los chicos de Tippett no se habían dado cuenta de nada de todo eso.

Yoda Origami nos había salvado, y ahora yo tenía la esperanza de salvar a Dwight.

Levanté en el aire a Yoda Origami e intenté que volviera a decir algo perfecto:

—Fácil es en Tippett —dijo Origami Yoda/ yo—. Pero fácil la vida no se supone que debe ser.

Pero me di cuenta de que eso no había sonado muy propio de Yoda.

—O no se supone que la vida fácil sea... o... eh...

Un minuto antes había sabido qué diría exactamente Yoda Origami, y ahora no conseguía que funcionara.

—¿Me lo das? —preguntó Dwight.

Le pasé a Yoda Origami y Dwight se lo puso

en el dedo. Se miraron el uno al otro un momento. Al final, Dwight asintió con la cabeza.

—Aburrido ser normal es —dijo Yoda Origami.

—Sí —repuso Dwight—, y ser «especial» apesta.

—Entonces, ¿por qué no regresas y vuelves a ser Dwight? —pregunté.

—Púrpura —respondió Dwight. Y sonrió por primera vez, así que supe que quería decir que sí.

Me puse en pie para chocar la mano con él o para abrazarlo o algo, pero entonces recordé lo que había dicho Caroline.

Así que me limité a decir:

—¡Dodo!

Pero entonces Dwight dejó de sonreír y levantó a Yoda Origami. Empezó a poner esa otra voz de Yoda. No era la imitación de Yoda cuando es suave, sino que era la voz de Yoda cuando Yoda se pone terroríficamente serio y empieza a percibir el lado oscuro.

—Si... a McQuarrie pertenecemos. Regresar

nosotros debemos. Nos necesitaréis... vosotros, todos. Una gran batalla nos espera, percibo.

—Una batalla... ¿contra quién?

—¡Rabbski!

—Oh, relájate con Rabbski. No me da miedo.

Yoda Origami negó con su diminuta cabeza de papel.

—Os lo dará... Os lo dará...

FELIZ AÑO NUEVO DE PARTE DE RABBSKI

POR TOMMY

Bueno, esa conversación con Dwight fue rara y confusa, pero no fue aburrida... así que supongo que las cosas vuelven a ser normales por fin.

Cuando hube terminado en casa de Dwight, fui a la casa de al lado a ver si Sara estaba en casa. Lo estaba. Nos sentamos en la cocina a comer una enorme fuente de galletas que su madre había hecho y estuvimos hablando de un montón de cosas. Pero, por supuesto, lo primero que le dije es que Dwight iba a regresar.

—Es increíble —dijo.

—Sí, pero me preocupa que se meta en problemas otra vez. Yoda Origami dijo que habría una batalla contra Rabbski. Lo más extraño es que lo dijo como si todos nosotros estuviéramos metidos en ella.

—Ajá —soltó Sara—. Eso me recuerda una carta que hemos recibido esta mañana. ¿La has recibido tú ya?

—¿Qué carta?

Al otro extremo de la mesa había un montón de correo, debajo del teléfono. Sara sacó una carta de la directora Rabbski dirigida a los padres que hablaba de los cambios que habría en McQuarrie el siguiente semestre.

—¡¿¡¿¡¿Qué?!?!?! —exclamé—. ¿Cambiará las asignaturas electivas por «períodos de preparación y revisión»? ¿Y se supone que esto es DIVERTIDO?

—Claro —dijo Sara—, ¡eso explica lo que pasa con la profesora de coro y de arte! Estaremos muy ocupados repasando para esos absurdos exámenes y no podremos actuar ni cantar ni construir robots LEGO ni nada. ¿Te imaginas lo aburridas que serán esas revisiones?

ESCUELA DE PRIMARIA McQUARRIE

Queridos padres:

Va a haber muchos cambios en McQuarrie a principios del próximo semestre que empieza el 11 de enero.

Sé que muchos de ustedes están preocupados por los poco satisfactorios resultados de los estudiantes de McQuarrie. No les quepa duda de que en la escuela nos hemos esforzado mucho para solucionar este problema. Y ahora ha llegado el momento de que sus hijos se esfuercen con nosotros.

El 11 de enero lanzaremos nuestro nuevo programa «DIVERSIÓN™. Tiempo para centrarse en lo importante de una forma divertida».

DIVERSIÓN™ es un programa de educación de mucho éxito que ha sido desarrollado por Productos Edu-Fun, empresa líder en el campo de la mejora de los resultados escolares.

Tal como sugiere el título, en McQuarrie nos concentraremos en mejorar los resultados de los exámenes en las áreas más importantes, como las Matemáticas y la Comprensión Lectora. Las asignaturas optativas como Arte, Coro, Orquesta, Ciencia Doméstica, etc., serán sustituidas por los periodos de preparación y revisión DIVERSIÓN.

Aunque al principio los niños se sentirán desilusionados, creemos que, pronto, todos nuestros estudiantes se darán cuenta de que, con este nuevo programa educativo, se divertirán aprendiendo lo fundamental! ¡Y juntos lograremos que McQuarrie recupere el lugar que le es propio en el primer puesto de la lista de los mejores centros de educación!

Si tienen alguna pregunta, no duden en llamarme a la oficina.

Lougene Rabbski
Directora
Escuela McQuarrie

—¡Yoda Origami tenía razón! —exclamé—. ¡Esto me DA miedo! Vamos a entrar en un nivel altísimo de aburrimiento.

—Fortune Wookiee también quiere decir algo al respecto —dijo Sara.

Chewie y Han Doblo estaban sujetos a la nevera con unos imanes. Sara cogió a Chewie —que estaba sujeto con Han Doblo— y lo hizo hablar.

—¡WUG!

Yo cogí a Han Doblo y le hice decir la única cosa que quedaba por decir:

—Tengo un mal presentimiento con todo esto.

FIN

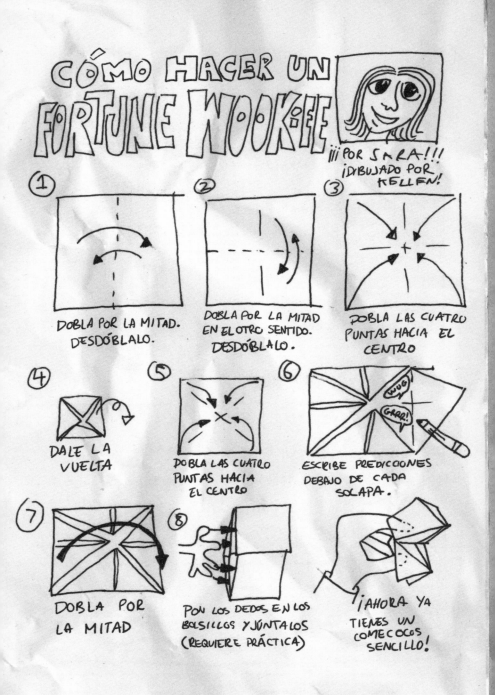

AGRADECIMIENTOS

A los superdobladores: Oscar, Charlie, Michael, Elayna, Mia, AustinM, ChadY, ChadH, Zach, Kate, Gavin, Mikey, Peyton, WyattL, Darby, DT, Teddy, WyattP, Samuel, Sean, Yonatan, JC, Megan/Phred, Fer, Rocket, Tayler, Graham, Karina, OrigamiYodaHelper, Sam, Seb, Michelle, Stevie, Juan, DJ, Yodamaster, BobaFett1212, Yoda, Henry, JackB, JackT, SamM, Artoo, Ethan, ClaytonH, Andrew, Jake, Rymit, Daniel, Hubert, GavinW, Ashton, Kody, Quinn, OscarH, OscarU, Simon, Wicket, JackL, Caden, Houston, Haviland, EvanS, Troy, Samigami1221, Wes, JackB, Damien, Filip, HenryF, Evil Jawa,

Lonefish Josh, Joey, Saul, EthanB, Siavash, The Three Yodateers, Fettman, Tenor, Javier, ToxicTony, Alex, Varun, CharlieB, SMSGuysRead, TMCGuysRead, Gingka, Aaron, Hansen, John F, Kevin, Kaleb, DBZFan, Bobby, UmHiGuy, Brandon, Joseph, Holly, Yann, Nico, Marcus, Cam, Jamin, MichaelT, Nicholas, Rishi, Tyler 138, Daniel, Justin, Robby, Simon, Angus, Lord of the Folds, The Origami Yoda Investigators, The Yellow Roomers, The StarWarigami Club, JG, JSWP, Evan, TeddyR, Jeffrey, Treveleyan, Joshua, Jean-Paul, TeddyL, SamM, Nathan, Eash, AfroOrigamiMan, Scott, Jarod, Zach, Zeb, Harrison, JoeJoe, Mark, Edward, Dennis, Colin, Frank, Crispin, Sesuj, a todos los Larrys, Xarl, Noah, a todos los Superdobladores que aparecen en Darth Paper, ¡y a todos aquellos que nos han enviado sus origamis a origamiyoda.com!

A la Comisión de Superdobladores: Samy, Ben, Chris Alexander, Fumiaki Kawahata, y Van Jahnke.

A los superdibujantes: Jason Rosenstock, Cece Bell, Bonnie Burton y Diego.

A los superautores: Eric Wight, Kirby Larson, Jenni Holm, John Claude Bemis, Michael Buckley, Lisa Yee, Jack Ferraiolo, Grace Lin, Jonathan Auxier, Adam Rex, Dan Santat, Amy Ignatow, Adam Gidwitz, Jon Scieszka y Jeff Kinney.

A los superlibreros, vendedores y profesores, lectores y directores, incluidos: Carla, Judy, Linda, T.J., Olga, Patti, Colby, Mr. Schu, Donalyn, TheNerdyBookClub, Anita, Cindy, Paula & Co., MichelleW, T.R. Kravtin y Brian Compton alias Señor Limpio Alegre.

A los superamigos y superfamiliares: Will, Rhonda, El Gran Wastoli, los Hemphills, Webmaster Sam, Barbara y George, Grace, Ethel y a mis padres, Wayne y Mary Ann Angleberger.

Al superescuadrón de Abrams/Amulet: Susan, Chad, Melissa, Jason, Laura, Erica, Jim, Elisa, Mary y Michael.

A los supertíos de Scholastic y de Scholastic Bookfairs y Recorded Books, en especial por la voz de Tommy en el audiolibro a Mark Turetsky.

A las cosas que nos han superinspirado: Episodios del I al IV, *La guerra de los clones*, Gregory's Girl, The Band, Godzilla, Dr. Who, Daniel Pinkwater, el estado de Texas y LEGO.

A los supercineastas de Lucasfilm: George Lucas, Peter Mayhew, Harrison Ford, Frank Oz, Warwick Davis, Ralph McQuarrie, Lawrence Kasdan, Kristen y Pablo Hidalgo, J.W. Rinzler y Carol Roeder.

Y a mi constante colaboradora, la superestrella Cece Bell.

SOBRE EL AUTOR

Tom Angleberger es el autor de la serie Yoda Origami —éxito de ventas según *The New York Times*— que incluye *El extraño caso de Yoda Origami* y *Darth Paper contraataca*. También es el autor de *Fake Mustache* y de *Horton Halfpott*, nominada al premio Edgar. Podéis visitar su página www.origamiyoda.com. Tom vive en los Montes Apalaches, Virginia.